林大夫与郎大夫,沧海绘于 1980 年

协和的守望

郎景和————著

林　巧　稚
　　　　和
她 的 医 生 们

生活·讀書·新知 三联书店

Copyright © 2021 by SDX Joint Publishing Company.
All Rights Reserved.

本作品版权由生活·读书·新知三联书店所有。
未经许可,不得翻印。

图书在版编目(CIP)数据

协和的守望:林巧稚和她的医生们/郎景和著. —北京:
生活·读书·新知三联书店,2021.5
ISBN 978 − 7 − 108 − 07111 − 8

Ⅰ.①协… Ⅱ.①郎… Ⅲ.①散文集−中国−当代
Ⅳ.① I267

中国版本图书馆 CIP 数据核字(2021)第 038420 号

责任编辑	唐明星	
封面设计	罗 洪	
版式设计	刘 洋	
责任印制	宋 家	

出版发行 生活·讀書·新知 三联书店
          (北京市东城区美术馆东街 22 号 100010)

网 址	www.sdxjpc.com	
经 销	新华书店	
制 作	北京金舵手世纪图文设计有限公司	
印 刷	天津图文方嘉印刷有限公司	
版 次	2021 年 5 月北京第 1 版	
	2021 年 5 月北京第 1 次印刷	
开 本	635 毫米 × 965 毫米 1/16 印张 15.5	
字 数	185 千字 图 95 幅	
印 数	00,001 − 10,000 册	
定 价	69.00 元	

(印装查询:01064002715;邮购查询:01084010542)

目 录

001 | 前言

百年协和

004 | 协和之歌
006 | 协和,协和,我们的母亲!
009 | 光荣的历史,辉煌的未来
015 | 北京协和医院——中国现代医学的发祥地,中国现代妇产科的摇篮
018 | 协和哺育我们成长
020 | 协和"三宝"

"万婴之母"林巧稚

030 | 妇女的保护神——献给林巧稚大夫
033 | 高瞻远瞩,精心设计妇产科
036 | 创建北京妇产医院
039 | 林大夫的政治观念和科学态度
042 | "拒绝参加开国大典"
045 | 为何没入党?

- 048 | 特殊的岁月"靠边站"
- 050 | 爱情与婚姻
- 053 | "林大夫有一种特别的吸引力!"
- 056 | 林大夫与病人
- 059 | 林大夫与党支书及她的秘书们
- 062 | 艰苦朴素,助人为乐
- 065 | 林大夫的办公室和桌椅
- 068 | 林大夫的电话
- 071 | 林大夫的正直与睿智
- 074 | 林大夫——世纪智者
- 077 | 林大夫教我们做科普——医生的本职、医生的责任
- 081 | 问路与指路
- 083 | 医疗"陷阱"与规避
- 086 | 听林大夫说话
- 088 | 对林大夫的称呼
- 091 | 跟林大夫查房
- 093 | 我如何协助林大夫写东西
- 095 | 陪林大夫走访大江南北
- 098 | 林大夫给我们留下的……——关于《林巧稚妇科肿瘤学》
- 104 | 深切怀念周总理
- 107 | 与高士其先生会面
- 110 | 与菲利普斯结识
- 114 | 悼念林大夫的诗、词与挽联
- 117 | 中国现代妇产科学的开拓者——记林巧稚教授
- 126 | 林大夫和厦门鼓浪屿
- 128 | 林巧稚纪念馆

| 131 | 厦门的纪念盛会
| 133 | 对林大夫的最好纪念
| 136 | 学习林大夫伟大的医学思想
| 144 | 林大夫的名言金句

协和守望者

| 150 | 听大师们讲课
| 156 | 找位大夫一起查
| 158 | 张孝骞大夫的"戒、慎、恐、惧"从医四字诀
| 162 | 医学临床研究的典范——纪念宋鸿钊大夫
| 166 | 又是一年春草绿,依然十里杏花红
| 168 | 内分泌学是妇产科学的内科学基础
　　　——向葛秦生大夫学习
| 172 | 祝贺严仁英教授95岁华诞
| 176 | 吴葆桢大夫逝世十周年祭
| 182 | 叶惠芳老师百年华诞
| 184 | 难忘的苏州会议
| 187 | 老中青三人行
| 190 | 永远记着老师——2015年教师节感言(献给林大夫等老师们,并与学生们共勉)
| 192 | 庄重的仪式 ——《妇产科临床备忘录》第三版序言

不为良相,当为良医

| 198 | 我做科主任

201 | 在告别主任职务时的一席话（2014年6月5日，月报会）
204 | "林巧稚杯"颁奖词
208 | 医学的观念与医学的发展
215 | 医者行——为中国医师协会妇产科分会年会而作
217 | 奇异恩典

深切的缅怀

222 | 童子之心不可无　林巧稚
225 | 痛失巾帼英才——深切悼念林巧稚同志逝世　康克清
230 | 光辉的榜样——忆林巧稚老师　宋鸿钊　葛秦生
　　　王文彬　连利娟　吴葆桢　许　杭
237 | 从青年医生开始，就要学习做科研工作——在林巧稚
　　　教授105周年诞辰纪念会上的讲话　连利娟
240 | 林巧稚——产妇的希望之光　闫柏泉

前 言

2021年，我们迎来了北京协和医院建院100周年，也是林巧稚大夫120周年诞辰。这都是我们热烈期盼、隆重庆祝的节日，也是我们难忘的、庄严的纪念日。当然，这一年还是我们伟大、光荣、正确的中国共产党的100周年华诞，会有万众欢庆、举世瞩目的盛典。

北京协和医院自建院伊始，特别是在新中国成立后的72年，历史辉煌，成就斐然，业已成为国家卫健委直属单位，中国医学科学院、协和医学院的重要组成部分，是集临床、科研、教学为一体的三级甲等医院，是全国疑难重症疾病诊治中心，连续11年蝉联全国医院排行榜之首。我于1964年来到协和，时光荏苒，弹指56年矣！我在协和工作，贡献有限；协和给予我者，丰厚无量。协和对于我们，是母爱般的亲情，是树根般的滋养。是协和哺育我们不断成长，培养我们逐渐成熟。

林巧稚大夫1921年就读协和医学院，1929年毕业后即在协和医院妇产科工作。从20世纪40年代成为第一位中国籍女主任，到1983年逝世，她为中国妇女和儿童的健康、为中国妇产科学事业的进步、为北京协和医院妇产科的发展，殚精竭虑、呕心沥血，几十年如一日，做了一辈子值班医生，被尊为"万婴之母"。她是一位伟大的医学家、卓越的医学教育家、热忱的社会活动家，也是协和的光荣、协和的象征。我有幸在林大夫晚年做过她的学术秘书，有机会更多地获得了她的耳提面命、言传身教。我们常说，到北京协和医院工作是幸运的，在林大夫身边和她营建的妇产科工作更是幸运的。所以，我们把这本书献给北京协和医院，献给林巧稚大夫。

　　本书主要记述了对林大夫的回忆，收录我在近期网络上发表的短章小文，虽嫌简约，却是真情实事，寄托了我们对林大夫无限的崇敬和缅怀。书中也收录了几篇前辈们发表过的文章，特别是40年前康克清同志、宋鸿钊大夫等人的纪念文章，尤其感人，为本书增辉添彩。此外，我也写下了一些记述宋鸿钊大夫、严仁英大夫等协和先师们流光剪影的文章，表达了对他们的纪念与缅怀。我以为，他们与林大夫一起构成了协和光辉的雕塑群和永远飘扬的旗阵，构成了协和的医魂！

　　书中还收有一些珍贵、罕见的老照片，或是陈旧的图影，或是泛黄的报章，都令人珍爱，引人遐想。

　　"协和的守望"——林巧稚大夫、张孝骞大夫、宋鸿钊大夫等前辈，都是协和的先驱守望者，我们则是后来的守望者。我们共同守望、忠诚见证协和的历史与发展；我们又与协和一起，共同守望着生命、守望着人民的健康幸福，守望着祖国的繁荣富强。

　　对历史、对前辈、对先人，我们以回忆来相聚；对未来、对同道、对后人，我们以期望来相约。

　　不负韶华，不忘初心，砥砺前行！

郎景和
2020 年 5 月

百年协和

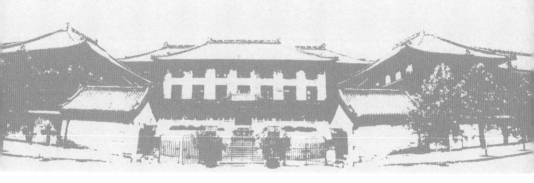

协和之歌

蓝天白云,我们仁爱的世界;
救死扶伤,我们神圣的职责。
健康的红花盛开,生命的绿树常在。

青砖绿瓦,群星荟萃的圣地;
汉玉台阶,精英培育的摇篮。
仁爱的诺亚方舟,伟大的文化信念。

图书病案,宝贵的知识经验;
教学相长,课堂是临床实践。
智慧的长河奔流,医学的高峰登攀。

严谨、求精,科学工作的风范;
勤奋、奉献,白衣天使的胸怀。
继承光荣的传统,扬起时代的风帆。

协和,协和,走向未来!
协和,协和,走向未来!

《协和之歌》词与曲（1998年）

协和，协和，我们的母亲！

这是一个纪念日。这是一个节日。

大凡生日，也是一种苦难。那是历史给我们的鞭策和现实给我们的呼叫。

这个时候，我们会想起协和的历史，更会想起那些先生、师长们的闪光的名字：张孝骞、林巧稚、黄家驷、刘士豪、邓家栋、吴英恺……

"云山苍苍，江水泱泱；先生之风，山高水长"。他们的背影，正是协和的正面。科学文化、学术思想、服务精神的传承，就是协和的过去、协和的现在和协和的未来，我们都要恭敬、虔诚面对的。

这个时候，我们谨记协和的院训：严谨、求精、勤奋、奉献。

这八字校训看似不如"天行健，君子以自强不息；地势坤，君子以厚德载物"的清华校训那样深刻，但清晰地凸显了医学及医疗的科学性和人文性：严谨、求精就是科学作风、科学精神；勤奋奉献就是人文作风、人文精神。

我们进入协和学习和工作，就是一个从感受协和、认识协和到融入协和的过程，并要作为协和一分子，为践行协和精神而奋斗不息。

这个时候，我们会想起211工程、医院排序、重点学科遴选以及国家对科技创新的号召……

清华大学老校长梅贻琦先生说："所谓大学者，非谓有大楼之谓也，有大师之谓也。"

首先或者最重要的要有大师，当然是不错的，但是大楼这样的装备也是要有的。"协和三宝"应该更丰富，信息化、数字化、人文化，基础与临床的转化也都是要有的。以此把握住时间、空间和方向。

这个时候，我们会有些恐惧和紧迫。记得斯宾诺莎说过：没有希望就没有恐惧，没有恐惧也就没有希望。那是由于我们对协和充满了无限的热爱和殷切的希望。

最后，我想以吟咏一首歌的歌词来表达这份深情：

> 一天又一天，一年又一年，
> 你是我们的生根，我们的向导。
> 你的培育，你的力量，
> 使我们成长，一直向前远航。

（2012年北京协和医学院建校95周年、中国医学科学院建院56周年大会上的发言）

协和的守望

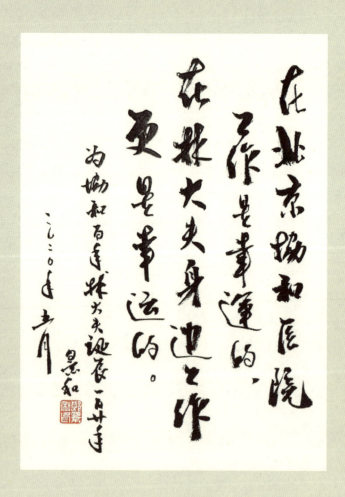

在北京协和医院,原是幸运的,在林大夫身边工作更是幸运的。

为协和百年,林大夫诞辰一百廿年
二〇二〇年十月 景和

光荣的历史，辉煌的未来

每年这个时候，我们都会召开会议，纪念林巧稚大夫诞辰，并举行青年医师论文报告会。今年更有其特殊意义，因为我们将迎来北京协和医院建院90周年，也恰值林巧稚大夫110周年华诞。

一、北京协和医院妇产科的历史回顾

20世纪40年代林巧稚大夫接替美国人惠狄克，成为北京协和医院第一位由中国人担任的女主任。之前，著名妇产科专家马士敦曾在此工作，马士敦后来到香港大学玛丽医院的赞育医院做产科主任。

从此，协和医院妇产科的发展一直和林巧稚的名字联系在一起，林巧稚是协和医院和协和医院妇产科的一个象征。

1941年因为太平洋战争，北京协和医学院关门，林大夫一面在东堂子胡同10号挂牌门诊，一面到中和医院（现北京大学人民医院）上班，还去北京大学任教。当时有一批人，如葛秦生大夫等都跟随林大夫到中和医院给病人看病，致使在很长一段时间里，该院有"小协和"之称。

到50年代，北京协和医院妇产科已执国家妇产科之牛耳。一大批成熟的、优秀的妇产科学家集聚在这里，又从这里像种子一样撒播到祖国各地，成为各大医院的学科带头人，如解放军总医院的叶惠芳，中国医学科学院肿瘤医院的曾绵才、刘炽明、杨大望、于国瑞，天津的柯应夔、俞霭峰、林崧，上海的林元英、郭泉清、田雪萍，重庆的司徒亮，广州的林剑鹏，北京（医科）大学的严仁英、康映蕖、王耀云等，可以说，协和妇产科是培养高级医学家的摇篮。

妇产学科在林大夫高瞻远瞩的规划设计下，在国内首先建立了专业分组，并选择了理想的专业人才，如生理产科的王文彬、姜梅；病理产科的尤娴玲；妇科连利娟；妇科肿瘤宋鸿钊、吴葆桢；妇科病理唐敏一。后来又让孙念怙做产科遗传研究，韩美龄专管门诊工作。他们都在林大夫的领导下，发展了亚专业，做出了成绩，为我们今天的发展打下了坚实的基础。

宋鸿钊、王文彬、葛秦生和连利娟都曾作为林大夫的副手，领导妇产科工作。1983年林大夫谢世，由连利娟任科主任。1988年吴葆桢接替连大夫，1992年吴大夫患肺癌英年早逝，由当时任副院长的郎景和兼任科主任。1993年3月郎大夫回到科里主持工作至今。王元萼、张以文、杨秀玉、徐蕴华、徐苓、范光升、边旭明、沈铿、潘凌亚、向阳、刘俊涛、朱兰、郁琦等先后担任副主任。2017年，做了24年科主任的郎景和卸任，由沈铿大夫做科（系）主任，朱兰、向阳、刘俊涛、郁琦为副主任。为了稳固和促进亚专业的发展，于2018年，将原来的专业组改为"中心"，上述副主任即为中心主任，并提拔一批70后的年轻教授担任中心的副主任。

在林大夫的引领下，经过几代人的辛勤努力，协和妇产科充分发挥综合优势，在医、教、研各方面都得到了长足的进步，成为全国妇产科疑难重症诊疗中心，先后两次被卫生部命名为"林巧稚妇产科研究中心"。

在这20余年里，协和妇产科不断发展壮大，床位从90余张增加到200余张，医生由58位增加到107位。门诊及床位数占全院1/10，但手术量占全院1/3，特需手术占全院1/2，床位周转快，术前住院日仅1—2天，平均住院时间4.4天，做到了优化诊疗、安全诊疗、节约诊疗。2007年，协和妇产科被评为全国卫生系统先进集体，2009年又获全国三八红旗单位的光荣称号。继20年前首批进入全国重点学科之后，新近又被卫生部评为首批重点专科建设项目单位。

特别值得称道的是，从2009年始，在中国医院与科室排行榜上，北京协和医院妇产科连续10年蝉联榜首，显示出其实力、后劲和可持续发展的势头。

二、期望在未来，青年医师的培养重点是临床实践

我们纪念林大夫诞辰的主要方式是青年医师报告会。这些青年医师都没有见过林大夫，但他们会感觉到林大夫的存在，尤其是林大夫的医学思想和高尚精神的存在。这包括：追求真理、魂系中华；预防为主，实践第一；一生辛劳，无私奉献。"注重实践，不脱离临床，医生要永远走到床边去，对病人做面对面的工作"，这是林大夫最重要的医学思想和人文理念，这对青年医生的培养和成长至关重要。

我们常说，住院医师的五年实际上相当于"学徒医师"，就是

在实践中印证书本上学习的知识，跟上级医师学习临床技能，逐渐积累诊断治疗经验，形成自己的本领，成为可以基本独立工作的主治医师。外科医师涉及手术技术，还要再锻炼一些时间，《英国医学杂志》（BMJ）载文认为外科医生的造就至少需要十年，这与我们认为的"十年磨一剑"同出一辙！

可喜的是这次青年医师论文报告，基本上是临床材料，有病例总结分析，有病例报告和文献复习。虽然他们所经历的临床过程还不够长，但能发现问题、分析问题、解决问题，这是临床学习提高的基本方法。就是多做、多想、多写，会做、会想、会写。记得几年前，一位三年住院医能将平时查房、讨论及工作经历记录整理，居然达30万字，编撰为《妇产科临床备忘录》，成为年轻医师的袖珍手册，后又重修再版，累积销售数万册。可见在实践中做到有心、用心之重要。我在书的扉页上题记为："也许，我们学习的很不少，只是实践的不够；也许，我们实践的也不少，只是思索的不够；也许，我们不是记忆的少，只是忘却的多……"这是与青年共勉的话。

我们这次没有强调其他研究的报告，现今协和妇产科的青年医生97%均有医学博士学位，还有双学位者，应该说有很好的科研背景和科研能力。在今后的医学生涯中，科研仍然是非常重要的，所谓医疗是主体，科研教学是翅膀，只有翅膀坚硬才能高飞远翔。院长也强调，协和不仅要培养优秀的临床医生，更要出优秀的临床学家。临床学家即是医、教、研良好结合的医学专家。

我们依然认为临床研究是临床医生的主要研究和重要研究。医学科学研究分临床研究、临床基础研究和基础研究。临床研究主要是临床总结、循证，临床研究不可以为低水平，好的临床研究会有重要的规律性的指导作用。典型的例子是宋鸿钊院士关于根治绒癌的临床研究，其系统结果是宋氏分期、各种转移及治疗、大剂量化疗、HCG 的诊治随访价值、化疗中白细胞、血小板的消长曲线等，使绒癌达到根治的效果，还可以使患者保留生育功能。宋大夫的研究基本是临床研究，只有一般的实验室检查材料。与临床密切结合的基础研究也很重要，也是目前转化医学着力要解决的问题，从选题、研究设计、结果及结论考量和应用，都必须将临床工作与实验研究密切结合起来，使临床工作得以提高，使医学研究得以发展。

协和医院不仅有优良的医学传统，也有难得的研究气氛。诚如有肥沃的土壤，又有适宜的阳光雨露，有利于青年医师茁壮成长。妇产科还有一个"大树小树和森林"的建设理论，就是必须有大树，像林大夫、宋大夫、连大夫等，他们是大树、是象征，召唤着我们，庇荫着我们。其下的小树也要不断成长壮大，逐渐形成一片蔚为壮观的森林。

我们的青年人一定会成为栋梁之材，我们的科室一定会在协和旗舰的领引下破浪远航！

（此为 2011 年在纪念林巧稚大夫 110 周年诞辰暨青年医师论文报告会上的讲演稿。收入此书时，略有修改）

协和的守望

林巧稚大夫工作照

北京协和医院
——中国现代医学的发祥地，中国现代妇产科的摇篮

北京协和医院正在举行"纪念百年协和"的倒计时。协和对中国现代医学的建设、发展做出了卓越贡献，细数各医学院校、各专业科系，"协和人"的名字熠熠闪光，业绩辉煌。

妇产科学业当推协和林巧稚大夫为鼻祖，其后的前辈大家们奠定了现代妇产科之学科和队伍的基础。

20世纪30年代协和毕业的妇产科大家赫赫有名的有：林元英、林崧、柯应夔、司徒亮、俞霭峰……

林元英大夫与林巧稚大夫同班，1929年从协和毕业后，到上海工作，出版了第一部《子宫颈癌的根治性切除》。林巧稚大夫病重时，他专程来京探望。当年的林元英大夫步履矫健、长发留须、飘逸如仙。

我看过上海交大一院纪念林元英110周年诞辰的录像，甚为感人！

林崧，1932年协和毕业生，后成为中国首屈一指的妇产科病理学家，建立和推动了这一重要亚专业。他的儿子、儿媳都是闻名遐迩的妇产科大夫。林崧还是有名的集邮家，做的可

是真正能称为"家"的那种集邮哟!

1933年协和毕业的柯应夔贡献卓著,60年代重要的妇产科著作均出自柯氏之手,有《生理产科学》《病理产科学》《中国女性骨盆》《子宫脱垂》等。

2004年,我去天津市中心妇产科医院,参加纪念柯老百年诞辰活动。后来,我为让我们后来者不忘记先人,题词一幅:

瞻先前,高山仰止;
望后来,大河奔流。

司徒亮,1934年协和毕业后,先在上海,后援"三线",去重庆医大,成为妇产科"西南之王"!司徒也是60年代王淑贞主编(林巧稚评阅)的首部大学教材《妇产科学》的主要作者。

俞霭峰,1939年协和毕业生,为我国生殖内分泌学科之先驱,有妇科手术学著作传世。俞大夫擅长社会活动,与邓颖超大姐过从甚密。我藏有一张有邓颖超、林巧稚、俞霭峰三人的相片,每每看此照片,内心不由得生出尊崇与感念!

在妇产科学界,我们常说"南王"(王淑贞)"北林"(林巧稚),如若从协和与妇产科而论,又有说"南北双林"(林巧稚、林元英)的,还有说"妇产四林"(林巧稚、林元英、林崧、林剑鹏)的。"四林"都是福建籍的协和人、妇产科大夫。闽地真人杰地灵矣!

百年协和

1957年，邓颖超（右二）与林巧稚（右三）、俞霭峰（右一）等合影

协和哺育我们成长

下面讲的协和1940年至1945年毕业的妇产科先师，大家就比较熟稔了。

严仁英大夫，1940年协和毕业，林大夫的爱徒，中国"围产医学之母"。严大夫出身名门，家境复杂，为人处事谈何容易。但其专注学问，又对社交活动应付裕如，更显难能可贵。

在2013年她的百岁庆贺时，刘少奇、王光美的儿子刘源上将说："我舅妈的贡献与最伟大的科学家、最伟大的发明家、最伟大的政治家相比，都有过之而无不及！"

叶惠芳1943年协和毕业，与宋鸿钊大夫同班。一直跟随林巧稚大夫，渐成大家。1953年组建中国人民解放军总医院（301医院）时，叶大夫奉命领衔，建军医，立伟业。她的做好事、行善举何止在医学，何止在妇产科！直到百岁，她都坚持教英文，从儿童班教到教授班，谆谆不倦。有时开会与叶老相见，她会从口袋里掏出个小铁盒，亲切地说："郎大夫，这是给你的。"这是她自己家炒的瓜子，专门带来。一种久违的慈母般的感觉……

在叶老百岁华诞之时,我念了一首诗:

敬仰师长老寿星,
叶茂根深靠耕耘。
惠风和畅甘露雨,
芳芬桃李满乾坤。

王文彬、宋鸿钊二位前辈毕业后一直在协和工作,我们有幸受其亲泽,在他们亲自指导下学习与工作。他们无论做主任或者不做主任,无论是搞产科或是搞妇科,都同样是协和的象征和标杆,都同样是我国妇产科大厦的脊梁!

林剑鹏与王文彬、宋鸿钊、叶惠芳等前后脚步出协和,是中山肿瘤医院妇瘤科的老主任,是谭道彩、李孟达的老师,一生建树颇多。

1975年我陪林巧稚大夫、宋鸿钊大夫走访各地,专门到林剑鹏家探望。剑鹏老为人诚笃,家居朴实,他搬出几个小板凳,拿出一盒苏打饼干和果酱招待我们。大家一壶清茶,亲热聊天。

协和老友们多年不见,历经风雨之后,平安无恙便好。

协和"三宝"

教授——第一宝

协和人通常把教授、病案、图书馆,称为协和"三宝"。之所以奉为"三宝",是因为:教授,是最懂得疾病和病人的人;病案,是最忠实记录病情的文献;图书馆,是最全面反映医学的资料。还应该说,这第一宝就是教授,"所谓大学者,非谓有大楼之谓也,有大师之谓也"。

我们可以列出一连串蜚声国内外的医学大师:张孝骞、林巧稚、曾宪九、吴阶平、吴蔚然、吴英恺……

我到协和的时候,这些前辈们都还健在。我接触最多的当然是林巧稚大夫、宋鸿钊大夫、葛秦生大夫等名师,这些老师们的活动令人关注。我们也经常或者必须去听一听其他科系老师们的课或者讲座。那种收获是特别的,耐人寻味的。

协和最著名、最吸引人的是内科大查房。我们早就看过那幅1941年内科大查房的画,画中每位教授都个性鲜明、栩栩如生。内科大查房和张孝骞大夫的几十本医疗记事是协和最宝贵的活动与材料，千金难买，胜于鸿篇巨制。大查房通常在老楼的10楼223阶梯教室进行，总是座无虚席，连台阶和窗台上都坐满了人。在这里，我们可以听到内科各专业组教授们的高谈阔论、真知灼见。他们除了对病例有深刻分析，还特别注重学科联系与思维方法，这是我们非常难得的临床学习和训练的机会。

当然，我们还听过神经内科老主任许英魁讲"一氧化碳中毒"，讲"弗洛伊德学说"。我们也听过皮肤科主任李洪迥（他的头发总是梳得油光锃亮）对于老协和的描述，甚至丰盛的午夜餐——可得劳苦到半夜12点才能享有（我们倒都赶上了）。

我们更熟的是外科的教授。我观摩过曾宪九和吴蔚然同台手术，那是怎样的阵容啊！那是何等的艺术啊！两人娴熟漂亮的手法、无与伦比的默契，台上台下美妙的安静，大家似在聆听天籁之声。

吴蔚然大夫真是个谦谦君子、蔼蔼长者。记得我女儿八个月时，左乳房部位长个指尖大的血管瘤，请教吴大夫。吴大夫说："我看看。"我与爱人想择天抱孩子看吴大夫，万万没想到，第二天早上7点来钟，吴大夫已经敲响了我们护士楼二层的房门。我们也是刚起，诚惶诚恐！须知，我当时只是个毕业不久的小大夫！吴大夫提出用同位素敷贴治疗，不影响发育，效果非常好。

我有幸与吴大夫一起做了一些手术，收获很多，感触很多。那次，我们手术很顺利，可是在关腹壁筋膜时，缝针崩掉了，费了很长时间终于在地上找到了。事后，吴大夫小声跟我说："其实，咱们可以再慢一点做。"（请注意，这里用的是"咱们"，其实，当然是我；只是说"慢一点"，其实，当然是我有点快。）翌日，我们去看病人时，吴大夫却表扬我说：你在《光明日报》发表的那篇《外科解剖刀就是剑》写得真好！

另一位外科大家朱预则完全是另一种风格。他雷厉风行，敏捷洒脱，做分离粘连手术，势如破竹，口中得意地念叨着"解剖很重要！我解剖熟"。身子左右晃动着，释放着外科大夫的激情！（我在一本书上读过，外科大夫是要有一股激情的。）我与吴葆桢大夫开始做卵巢癌肿瘤细胞减灭术时，朱大夫帮我们克服各种艰难险阻，化险为夷。他后来当院长，挑我做了他的副手。

几十年过去了，很多协和的前辈不在了，但他们的学问、他们的作风、他们的精神，为我们永远牢记。

这一切，好像就在昨天。记得在内科大查房前面第一排，坐的是各学科的大教授，他们音容笑貌犹在眼前眼前。"请不要忘了干燥综合征（SS），"风湿免疫学鼻祖张乃峥用他那深厚的中音大声告诫我们（他的听力有点差）。而呼吸内科朱贵清教授总会用他那略带沙哑的嗓音谆谆提醒："这个时候也不要忘了结核！"

病案——第二宝

病案，是病人就医的记录，是原始的医事材料，是重要的医疗文献和社会档案，是临床、教学、科研的基础和依据。协和的病案有三好：一是，时间长，保存好；二是，记录详，资料好；三是，规范化，管理好。

所以，协和病案室是一个宝库，是让医生们去挖掘、去采撷、去利用的宝藏。协和病案室是一个圣地，这里有病人的生命记录，这里有医生的辛劳汗水。协和病案室是个舞台，呈现了从个人到医院、从过去到现今的智慧与勤奋、关爱与奉献。

在协和病案室里，我们可以找到孙中山、宋美龄、张学良的

"协和"老歌　　　　　　　　　病案展览"前言"

1940年协和内科大查房绘图

病历，我们可以找到袁隆平出生时的脚印……

我们不能忘记，那些对协和病案做出杰出贡献的老先生和同事们：王显星、马家润、刘爱民、王怡等，已故老教授冯传宜对病案工作也投入了大量的精力。我们可以在很多很多病历首页上，看到马家润用他那类似于瘦金体的钢笔字写下的病人的姓名……

协和病案室还是全国病案管理和国际疾病分类中心（IDC）的负责单位，推动了医院病案管理，加强了国际交流合作。

协和医院的病人，70%来源于全国各地，协和的病人，疑难病、重症疾病、少见病、罕见病相对多，如妇产科的高危孕产妇占60%到70%。所以，它是临床诊治和科学研究的一个重要中心，病案室就是战地和武库。

我做副院长时，统计了从1987年7月到1989年12月的病历。全院诊治的病种是1683种，仅一例的病种就有532例，非常罕见的病种30例，包括艾滋病在中国的首次发现和报告。后来的SARS、新型冠状病毒肺炎的诊断和治疗，协和病案室都有宝贵的临床材料和记录。

协和医院医生对于临床和基础研究高度重视，获得了很多的成果，如绒毛膜癌的诊断治疗达到了根治的水准，激素分泌的垂体瘤累计1041例，9个科室的合作研究，骨质疏松和骨代谢的研究，胰腺癌、卵巢癌的研究，子宫内膜异位症的研究，等等，病案都在其中起到极其重要的作用。2017年成立的全国罕见病诊断治疗中心，就设立在协和医院，当然是非常适合的。

新形势下，病案管理又提升到一个新的阶段，更加数字化、电子信息化，更便于病案的储存与保存、分类查询与综合利用。

无论过去或者现在，我们对病案的态度诚如我于几年前在全国病案展览"前言"中所写：一个医院、一个医生，将用历史和毕生，在病案中书写对医学、对生命、对病人的敬畏，也是在医疗过程中最真实的感验和庄严的仪式。

那年，我们推行母婴同室，美国医生格兰特是发起者，他到协和医院妇产科来参观。非常有意思的是，他 65 年前出生在这里，我们找到了他的病历，查到了他的脚印，他高兴得欢呼雀跃！

病案把病人与医生连在一起，病案把医生与医生连在一起，病案把大家连在一起。

图书馆——第三宝

协和图书馆属于中国医学科学院，老的图书馆就在协和老楼一进南门的左手边，现在还有一个纪念牌挂在门口。

图书馆始建于 1917 年，几与协和医学院同龄，也是"百岁老人"了！协和图书馆的医学藏书数量大、种类多、杂志新，是一个医学信息的圣地，是协和的另一个宝藏和武库。在协和图书馆里，我们可以看到 1824 年的《柳叶刀》杂志创刊版，此后一期不漏。还有其他一些珍贵的原版外文图书。有时候，外宾到协和参观，图书馆是一个必去的地方。到那里，对于外宾似乎也不是怀旧，而是一种医学的守望，一种同道的期许。

1957 年，国务院命名协和图书馆为"全国第一医学中心图书馆"。图书馆除了大量中文医学书籍以外，外文书籍之多之广也是其主要特点和最吸引读者的一个方面。我们在这里还可以查阅俄文版的《妇产科学》（*Акушерство и гинекология*），查阅德文版的妇科手术学，记得我们最开始做外阴癌根治术时，就是拿了本德文版图谱对着施行的。我记得要查一个中医的资料，就是从馆藏的《医金方》第 28 卷里找到的。

图书馆是我除了手术室以外，最愿意去、最常去的地方。老的图书馆就在我们妇产科病房的旁边，那时候，我几乎每天都去一两次。左侧的阅览室是刚出版的新杂志，必须先浏览一遍。当时最愿意看的专业杂志是《临床妇产科学》(*Clin Obs Gyn*)、《美国妇产科学》(*Am Obs Gyn*)、《妇产科学评述》(*Obs Gyn Survey*) 等。有的期刊每一期有一个重点主题，比如子宫内膜异位症、妇科手术，都是非常有用的资料。

所以，如果说教授是我们的老师，是我们的宝贝；病案也是我们的老师，是宝藏和武库；那么图书馆也是我们的老师，也是宝藏和武库。协和"三宝"都是我们不可或缺的、无比珍爱的宝贝！可以说，这是我们在协和成长过程中离不开的必备元素。

图书馆后来与中国医学科学院医学信息研究所合并为一个大的单位，首任所长是陆如山先生，留苏副博士，英文也很好，担任过WHO总干事助理；现任所长是池慧先生。我与历任所长都是非常好的朋友，和其他图书馆管理员更熟，有的图书不好找，他们会说："郎大夫，你知道地方的，麻烦你自己拿去吧。"那个时候的借书证，我居然还保留着，看着很有意思。有一个1980年的借书证，从登记页上可以看出，当年去图书馆看书、借书非常频繁，说明那时的我很爱学习啊！

即使在周末假日，查完房以后，也是一定要到图书馆去的。记得，每次星期天上午在图书馆现刊阅览室都会看到一位老教授，后来知道他叫王叔咸。他是著名的内科教授，在北京大学医学院工作，那么大的年纪、那么远的路程、那么唯一的假日，他风雨无阻、雷打不动地坐在那儿。我们没有理由不去图书馆，没有理由不去看书学习！

邦尼（Victor Bonney，1872—1953）是我最喜欢的英国妇科手术大师。他1911年的《妇科手术教科书》(后来再版为《邦尼手术学》),我们图书馆也有。这本书,我可能是借阅最多的一个读者了。此书年头久矣,书脊和书皮都很破旧了,我当时就用橡皮粘膏把破的地方细心地粘好。不知此书,今安在否?

如今,图书馆搬到另一个地方去了,信息的来源、检索的渠道都很多了,但图书馆依然是最让我向往与留恋的地方。

只是,有些久违了……

协和的守望

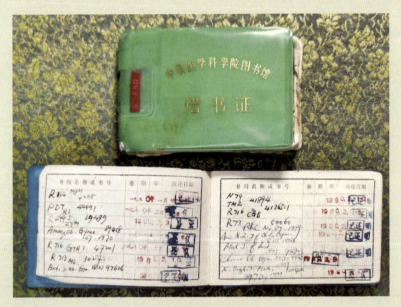

我的 1980 年的借书证

"万婴之母"林巧稚

妇女的保护神
——献给林巧稚大夫

我们每年都要开会纪念林巧稚大夫。也许，现今很多医生并没有见过林大夫，但大家都会感觉到她的存在。这使我想起，某城市的一位市长的墓碑上写道：

> 如果你想寻找他的纪念碑，
> 就请看看你的周围。

林大夫永远在我们周围，林大夫永远在我们心中。

1981年，我们给林大夫八十寿辰的献诗：

> 从鼓浪屿日光岩的小路，
> 到协和汉白玉的台阶，
> 您的脚步总是那样轻盈、快捷；
>
> 从曼彻斯特医学院的校园，
> 到芝加哥大学的讲堂，
> 您还是那一成不变的中国旗袍
> 和梳理不乱的发髻。

万婴之母 林巧稚

从说"男同学能得一百分,
我要得一百一十分!"的
好胜、倔强的小姑娘,
到为妇女的解放和健康
奔走操劳的不屈战士,
您清瘦的身体里蕴藏着怎样
深刻的睿智和
铁打的刚强!

从"不为良相,当为良医"的志愿,
到为祖国、为同胞
抽丝到老的春蚕,
您从不停歇、从不停歇啊,
甘于奉献。

您亲手接生的孩子千千万万,
他们又有了孩子万万千千。
谁能说您孑然一身?
您是真正的伟大的母亲啊,
孩子无数,仁爱无限。

您悉心培养的学生桃李满天下,
他们又有了学生,天下满桃李,
这到处结实的硕果,浓郁的芳菲,
不正是您用毕生的心
撰写的巨著鸿篇。

今天，我们为您

点燃八十支红烛啊，

您却早已在亿万人心中

点亮起生命的绿灯——

照耀到永远！

1981年12月23日林大夫80岁生日留影，吴葆桢大夫当时在美国。
前排右起：连利娟、葛秦生、林大夫、宋鸿钊、何翠华
后排左起：诸葛淳（总支书记）、韩美龄、邓颜卿、姜梅、唐敏一、郎景和

高瞻远瞩，精心设计妇产科

林大夫从20世纪，继马士敦（J. Preston Maxwell）、麦克凯尔威（John Mckelvey）、惠狄克（Frank E. Whitacre）之后，于1941年成为协和首位中国女主任，她殚精竭虑，不辱使命，特别是新中国的成立，更是焕发了林大夫对协和妇产科及整个妇产科学的建设与发展的满腔热忱。

协和本来的特色是高精尖、小而全，我来协和时，整个医院只有300张病床；但随着国家与人民对协和有了更多更高的要求后，协和有了很大发展。

协和妇产科如何发展？林大夫高瞻远瞩，全局在心：一是人才，二是专业。50年代，她即派杨大望到苏联学习阴道细胞学，回来后开展子宫颈癌筛查。接着，她对几位教授和讲师级高年医师划分、开辟了妇产科学之下的亚专业。主要有：王文彬，副主任、产科；姜梅（后到中日友好医院），生理产科；尤娴玲（后为宋鸿钊夫人，因胰腺癌病逝），病理产科；孙念怙，产科遗传；宋鸿钊，绒癌；连利娟、吴葆桢，普通妇科及其他妇科肿瘤；葛秦生，妇科内分泌；乌毓明，计划生育；唐敏一，妇产科病理；韩美龄，妇产科门诊。

在林巧稚大夫的指导下，在各位老师的努力下，这些亚专业都得到非常好的发展，硕果累累，人才辈出。他们不仅根植协和，也播撒全国，惠及众多妇女，报效于祖国。

现在的协和妇产科的结构和模式，基本如此。这正是巨擘庇护，大树遮荫！

从管理层次来看，林大夫睿智、善管理，至少有两点值得汲取：其一，合理布局，因材施用，发挥能动，减少碰撞。我后来的"400米跑道论"盖出于此。其二，作为管理者，一方面自己是行家里手，解决问题，承担责任；一方面善于用人，信任支持，不必（或不可能）事必躬亲。

林大夫医术与管理两者俱优，是无可比拟的典范！

万婴之母 林巧稚

北京协和医院妇产科科徽

湛蓝的底背景象征医学的圣洁，
优美的曲线勾画出美丽的母亲和可爱的孩子。
青色的楼宇显示协和的庄重。
这就是北京协和医院妇产科，PUMCH-OBGYN

妇产科大合唱（2011年）

创建北京妇产医院

新中国成立以后,党和国家非常关心妇女和儿童的健康,毛主席、周总理亲自和林大夫商议,成立北京妇产医院。林大夫非常高兴、非常赞同,并且提出这个医院应该设立在市中心,就在皇城根附近吧。北京市委书记彭真接受了这个建议。这就是现在位于骑河楼的北京妇产医院(后来又扩建发展了朝阳区的东院区)。

1959年6月6日,北京妇产医院诞生了,这是当时中国最大的妇产科专科医院。林大夫像是迎接一个孩子的诞生!不,是千千万万孩子的诞生地,是北京人的摇篮!她是那么高兴!

在成立大会上,万里来剪彩,蔡畅、李德全(卫生部长)等都出席了大会,"北京妇产医院"的院牌是由著名的革命老人何香凝题写的。林大夫是首任院长,一直做到1978年9月。林大夫那么忙,可每星期三都到妇产医院去查房。我看过一部他们拍的片子,都是一些老人回忆林大夫,令人感动。这里面有我们比较熟悉的大夫如范惠民、黄醒华,也有一些检验、护理人员,还有一位老先生(卞世宁、92岁)是汽车司机,当时接送林大夫。与在协和不同,他们都亲切地称呼林大夫为林院长。林院长对人的和蔼可亲、对工作的认真负责、对病人的关爱耐心，都给大家留下了深刻的印象和永远的怀念。

2019年，恰值北京妇产医院的60年大庆，"甲子荣光 妇幼辉煌"啊！这60年，是林大夫培育成长的。北京妇产医院在医疗、教学、科研、预防诸方面都做出了突出的成绩，成为首都医科大学，也是北京和全国重要的妇产科临床基地。这里每年要出生14000左右孩子，也就是说北京市的很多公民是从北京妇产医院诞生的，每年春节，记者都专门去拍第一个降生的北京宝宝——"明星宝宝"。

为庆祝医院甲子，开辟了一个新的林大夫展览馆；又从鼓浪屿取回来石料，雕塑了一座新的林大夫雕像，洁白无瑕，栩栩如生，引发我们无尽的缅怀……2016年，首都医科大学委任我为北京妇产医院名誉院长，这当然是令人高兴的——不是在乎这个荣耀的名誉，在于这是林大夫创建的事业，我们要承袭她的遗志，担当她交付于我们的责任。

协和的守望

甲子荣光妇幼辉煌

景和题
二0一九年六月六日

林大夫的政治观念和科学态度

在著名画家冯远的名画《世纪智者》中，有马克思、爱因斯坦、居里夫人、鲁迅等超卓越人士，里面也有林巧稚大夫。每次我看此画都会怦然心动，极受震撼！

一位妇产科女医生是世纪智者，与那些伟人在一起！

诚然，林巧稚是伟大的！

林大夫出身于基督教徒家庭，在北京协和医学院接受了美式的医学职业教育，又一直在协和工作，其间时常去欧美访问、学习与工作。

也许，她流利的英语、某些习惯很"洋化"，但她始终梳中式发髻、着旗袍、穿布鞋，骨子里坚守着"国风"。

解放后，林大夫似乎应该是"改造的对象"。不！林大夫会很好地完成这一"转化"。

她从审慎的观察认识到心悦诚服，始终不渝地跟党走，为祖国和同胞鞠躬尽瘁，死而后已。她受到毛主席、刘少奇、周恩来夫妇、彭真一家等的尊重和爱戴。她从1954年即是第一届人大代表，后任人大常委、全国妇联副主席等要职。她参与国家有关法规政策的制定，她代表中国出访和出席国际会议……

她既是卓越的科学家,又是出色的社会活动家。她有正直的、严谨的科学态度,又有智慧的、深邃的政治意识。她是中国共产党的忠诚可靠的朋友,她是亿万妇女和儿童的保护神!

我作为林大夫的学生的学生,对她只有尊崇与敬仰,较少用文字来表达对她的崇拜之情。我记述林大夫最重要的一篇文章是她逝世后写给新华社的通稿《中国现代妇产科学的开拓者——记林巧稚教授》。此文,当时在全国24家省级报纸刊载,署名为叶维之、顾迈南、冯瑛冰,后两位是新华社记者(后来成为新华社资深记者和领导)。此文被评为当年的"好新闻奖"。

之后出了一些关于林大夫的传记、电影、电视等,都是好意赞颂,但也有不少猜度虚构,甚至以讹传讹的情节,制作者或许想从另一面来粉饰林大夫,却是不协调的油彩,如"拒绝参加开国大典""去世前一天接生了六个""婚姻与爱情""不入党""文革扫厕所"等等。

作为她的后辈,我想有必要把一些事情说清楚——为了"万婴之母",为了我们这些子子孙孙!

"万婴之母"林巧稚

林大夫与著名藏族歌唱家才旦卓玛（左一）等人合影

"拒绝参加开国大典"

"林巧稚拒绝参加开国大典"？纯属子虚乌有！

关于林大夫拒绝参加开国大典的坊间传闻，好多年前似乎有人说过，后来不了了之，近期却又闹得沸沸扬扬。传播者似乎想说明，林大夫多么正直，多么投入于妇产科工作，连开国大典都不屑一顾。

此说法不确。这里至少有三个误区：

其一，新中国是 1949 年 10 月 1 日宣布成立的，但是，当时北京协和医院还是美国人的私家医院，直到 1951 年才军管接收成为新中国公立医院。老协和工作人员以前填履历，"参加革命时间"都写 1951 年。曾有史料记载，1950 年某中央负责同志去协和看望病人，竟被门卫拦阻而不得进。当时的"请柬"何以到林大夫手中？

其二，产科当然很忙，但亦不太可能 10 月 1 日早上突然地、必须要林大夫上手术台接生。对如此重要之事，林大夫之前一无所知，无从安排，临时被"通知"，当即拒绝？此说法明显站不住脚。

其三，太低估了林大夫的政治觉悟，甚至政治常识。新中国成立后，林大夫对共产党、对新中国有个观察、认识的过程。但她的浓厚的爱国情怀、对新中国热切的期盼，使她拒绝了飞去海外的机票，使她发自肺腑地说："国家好，我们就跟着好；国家难，我们就一起克服。"

林大夫对新中国是充满憧憬的，所以她后来才会欢呼般地说："打开协和窗户看祖国！"——这可以认为是林大夫的政治宣言！

我没有听林大夫说过她拒绝参加开国大典，倒是听她不无遗憾地说："那可是多么大的荣耀！"

1952年，她接受周总理的邀请参加了中南海怀仁堂的科学家聚会。1954年，她当选为第一届全国人大代表……

林大夫的社会地位和公众名望的确立是从新中国开始的。

协和的守望

周恩来总理参加第一届全国妇产科学大会（1953年）

人大代表林巧稚开会回来

为何没入党？

"林巧稚为什么没有加入中国共产党？"这是一个敏感的没有被确证过的问题。

长期以来，一直流传着周总理与林大夫关于信仰基督教和入党相悖的对话。这也是一种猜测和杜撰。

坦诚地说，林大夫的思想是很进步的，特别是她与中共领导人的接触、建立的友谊和互相影响，她参政议政的各种社会活动，她的思想与言行是讲究政治和原则的。也应该说，对林大夫这样的出身与经历的老知识分子是难能可贵的。

林大夫是世纪智者！

对此，我认为她与周总理夫妇（或党组织）有一种无须言语交流的默契和认可：林大夫想，我若达到了共产党员的标准，或者党需要我入党为好，总理、邓大姐会跟我说的；而总理、邓大姐则认为，如若林大夫愿意入党，她会表示的。

他们彼此超乎寻常的尊重，又都顾虑不期的尴尬。好像"就这样"也很好！

也并非基督教在"作梗",林大夫是受基督教影响较深,但她不做礼拜,也不每日祈祷。像宋庆龄主席也曾经是基督徒,她晚年也光荣地加入了中国共产党。

亦如我前文所说,林大夫虽然没有加入共产党,但始终是我们党忠诚的同志和可贵的朋友,发挥着巨大的作用!

"万婴之母"林巧稚

毛主席亲切接见科学家

刘少奇主席与林大夫亲切交谈

特殊的岁月"靠边站"

那是一个特殊的年代,难耐难述,故事都是苦涩的。

林大夫在"文革"中的日子,当然是不好过的,但平心而论,就算是比较幸运的了。因为有周总理的关心和保护,有协和及妇产科同仁们的尊重和爱戴。

首先遭遇的还不是"打倒权威",而是"横扫四旧"。首先面对的还不是"旧思想,旧作风"(我认为,林大夫都不算"旧"),而是她的"发髻"和"旗袍"。

几十年的发髻必须剪除,否则出不去门,与其让红卫兵强行剪掉,不如自己主动剪好。短发让林大夫感觉扎脖子、不舒服,所以无论冬夏,她都要围一条朴素的丝巾。旗袍真得"割"爱了,变成半截外套与长裤,林大夫自嘲道:"爬楼梯方便了。"

给林大夫贴大字报的真的很少,辛苦一辈子的老人家有什么可说呢,只有医大和护校的学生们闹腾一下。形势如此,林大夫也得"靠边站",就是不管事儿了,但可没去扫地、擦床、扫厕所,那不是林大夫而是大家不堪忍受的!

她基本上是在办公室看看东西,有时也到病房走一走。有特别的问题也会请教她。

有意思的是,我们在填病历首页的科主任一栏时,会习惯的、毫不犹豫地照样写上:林巧稚。

最难忘那次全院批斗会,在护士楼后院。"走资派""牛鬼蛇神""反动学术权威"都被"揪"上去了,挂牌、低头、弯腰……张孝骞、李洪迥、朱贵卿……一个一个被叫上去了。我们真担心林大夫呀!看着她低着头坐在边上。可是直到最后,军代表都没有叫到林大夫!

大家都明白,一定是周总理亲自保护了——我们仿佛看到夜空中升起的绿色信号弹!

"文革"后期,卫生部指令让林大夫到各地走走看看,宋鸿钊大夫和我陪同,第一站是河南郑州。人家头一天全市大搞卫生,以示对林大夫的欢迎。

可见人们对林大夫的崇敬历久弥深。

爱情与婚姻

这是一个我们后辈和学生不该议论的敏感话题，可是有不少人在猜测、在妄议。所以，我有必要说上几句。

爱情与婚姻当然是重要的、复杂的，但在林大夫那里则可以说，重要非常，处理简单。一句最真诚、最简明的诠释是：林大夫一生都把全部的爱献给了妇女和儿童，没有一点时间、空间和精力顾及自己的婚姻与家庭！

她没有节假日，她不分春夏秋冬、刮风下雨，也无论是在京内或外地……她始终在临床第一线，她是一辈子的值班医生。

我记得她曾对我们有些内疚地说过："本来要准备参加一个女友的婚礼，化好妆、换好衣，准备走了，产房突然有重要的急事，走不开了。真对不住她……"

生活就是这样，终归顾此失彼。有些报道及影视剧凭空猜想，捕风捉影，实属无稽之谈。

林大夫的几十年女友白和懿老师也是独身，勤勤恳恳地在北大图书馆工作，退休后回厦门鼓浪屿守护着林大夫故居。

林大夫那一辈，有不少医生和护士放弃了

婚姻与爱情。像广州二院著名的妇产科大夫梁毅文教授（1903—1991），也是终身未嫁。多年前，我陪林大夫拜访过她，现在广州市二院立有她的塑像。

林大夫孑然一身，却是"万婴之母"，她爱孩子，亲手为小孩们编织玩意儿，教孩子们弹钢琴，晚年一样地含饴弄孙、享天伦之乐……

我曾在林大夫生日时，写下这样的诗句：

> 您亲手接生的孩子千千万万，
> 他们又有了孩子万万千千。
> 谁能说您孑然一身？
> 您是真正的伟大的母亲啊，
> 孩子无数，仁爱无限。

协和的守望

林大夫教侄孙女弹钢琴

"林大夫有一种特别的吸引力!"

这句话是邓颖超同志说的。

林大夫的特别吸引力是什么呢？就是她的极端热忱，极端负责任，对患者、对工作，对祖国、对人民。

我们可以从她日常生活和平时工作中，那一启齿、一举手、一投足，阅读出一个平凡医生的不平凡品格。林大夫的言行举止都是实实在在的、自自然然的：走到病人床边，拉拉病人的手，掖掖病人的被角，把耳朵贴在孕妇的腹部听听胎心，微笑着说："挺好的！"病人焦虑的情绪释然了，烦躁不安被微笑代替，产程也顺利了……

神奇吗？是的。这是心的温度，这是爱的力量！

林大夫当然医术高超，经验丰富，但她的处方底色是真诚与关爱。

她满腔热忱，一视同仁，或者更关顾于民众与贫苦。

那年，从山东来了一位老大娘，比林大夫还大两岁呢（林大夫都称其老大姐）。老大娘腹部肿物巨大如锅，在老家炕上哄带孙辈时，孙儿们可围绕大肚子捉迷藏。医院的弹簧床不行，一躺上去就一个大坑，林大夫让人找一个板子垫上，抬老人家躺上去。老大娘吃米饭不习惯，情绪不好。一天傍晚，林大夫居然送来一包煎饼！至今，我都不知道林大夫从哪儿买来的。

在林大夫亲自指导下，我们给老大娘制定了缜密的诊治方案，成功地完成了手术，取出 84 斤卵巢肿瘤。我记得手术是我和谷春霞大夫做的，林大夫到场指导。

林大夫看人看事睿智朴实。对江青，林大夫并不多加评论，只是淡淡地说，她不是一个好病人。一个有名的歌唱家住院后，挑三拣四、说东道西，指手画脚得很，林大夫查房，半开玩笑、故作嗔怪地说："唱歌，我们听你的；治病，你得听我们的……"

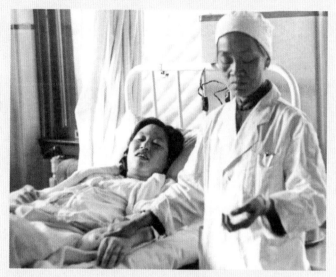

林大夫与病人心连心

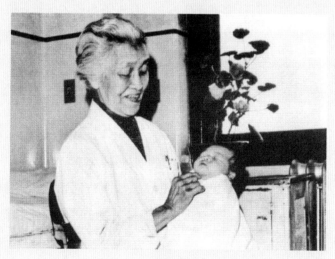

伟大的母爱

林大夫与病人

　　林大夫是一位严谨的、正直的医生,他对病人热忱负责,一视同仁。无论是干部、领导还是平民、百姓,在她眼里,都首先是一个病人,而不是什么地位的人;或者说,一个人的病比他是什么人更重要!

　　20世纪60年代,北京市委书记彭真同志造访林大夫,林大夫居然没有迎见。我原来不太相信这样一个故事,后来听彭真的女儿傅彦亲口讲了这件事儿。林大夫当然不世故,但她也绝对明世理,之所以拒绝市委书记的来访,那一定有更忙的事情。

　　后来,彭真的夫人身体不舒服,来请林大夫看病,林大夫二话没说就去了。以至后来彭真的夫人对他说:"我这个病人比你这个市委书记面子还大!"这就说明林大夫看重的是什么!

　　朱德元帅的夫人康克清同志,也是高级干部,找林大夫看了几次病之后,已经比较熟悉了,林大夫居然问:"你以前也是用的这个名字吗?"康大姐说:"是呀。"原来,林大夫也并没有在意什么名字的人找她看病。

　　所以,康克清同志在林大夫逝世后发表的

悼念文章《痛失巾帼英才》一文中说，林大夫把医院当作自己的家，把每一个病人当作自己的亲人，把每一个呱呱坠地的孩子当作自己的儿女。不论病人是什么身份，是高级干部还是贫苦农民，只要是她的病人，她都同样认真，同样负责。处处替病人着想。

周总理和邓大姐是林大夫的老朋友，邓大姐深有体会地说："林大夫有一种特别的吸引力！"邓大姐所说的林大夫"特别的吸引力"，就是对每个人、每个病人的极端热忱、极端负责任的态度。

这就是林大夫作为一代医界宗师，给我们树立的榜样。

协和的守望

林大夫对病人有一种特别吸引力

林大夫参政议政

林大夫与党支书及她的秘书们

林大夫是大名鼎鼎的妇产科专家,却始终与协和历届党支部的年轻书记保持着良好关系,始终密切合作、彼此尊重。

刘士廉老师1926年生,1953年协和毕业,他的医学生涯的初始却是在妇产科,做林大夫的秘书,毛头小伙子还有一个重要头衔是政治协理员,那是党的工作者。林大夫从来不倚老自居、以大欺小,而是平等和善、尊爱有加。应该说刘老师是很会做工作的,及至以后很长时间,林大夫都对刘士廉赞不绝口。刘老师后来留学欧洲,精通英语和法语,成为著名的基础医学家,任协和教务长、中国医学科学院基础医学研究所所长。我因为林大夫,与刘老师相识并成为朋友,经常向他请教各方面问题,包括对林大夫的景仰和回忆。

接下来的党支部书记是孙玉珊,辅仁大学毕业,她曾给我们讲辅仁老校长陈垣的故事。她先生是彭真市长的机要秘书石侃,加上林大夫与彭真一家的友谊,林、孙的关系绝对融洽。"文革"中,石、孙夫妇可受了不少苦,孙书记自身难保之际,却一直关心着林大夫。

林大夫晚年时的妇儿科总支书记是诸葛淳，诸葛为林大夫真是上下疏通、四方关顾，从医科院团委书记到林大夫身边人，真是安排得用心良苦。

虽然解放后经历了各种政治运动，但林大夫都能平安度过，意识不断提高，是与这些基层党的工作者的辛苦分不开的。

五六十年代，林大夫的秘书（或称办事员）是陈承沛和吴棣华，林大夫对此二人非常满意。陈秘书的英文打字速度飞快，吴秘书写一手好字。他们办事认真，对林大夫照顾得无微不至。他们对我们这些年轻医生也总是带着微笑，客客气气。使我想起，他们很像是过去的忠实仆人。（这个联想和比喻不太好。可是，仆人又有什么不好，我们都应该是人民的公仆呀！）

再后来的秘书是小刘（玉荣），兼顾为林大夫办点杂事。到林大夫晚年，医院派来邓颜卿专门照顾林大夫。邓大夫是妇产科出身，任劳任怨，很少说话，我常去林大夫办公室，会与她聊聊天，她曾赠送我一部原版的《威廉姆斯产科学》。

我只是兼职帮林大夫做点事，乃是我一生的幸事！

我曾说：到协和来工作是幸运的，能在林大夫身边工作更是幸运的！

林大夫与妇产科同人（1951年）
前排：右一葛秦生，右二王文彬，右四林巧稚，右五刘炽明，右六宋鸿钊
后排：右一焦书竹，右二陈承沛，右五赵志一，右六吴棣华，右七姜梅

林大夫与妇产科同人（1952年）
前排左起：林大夫、叶惠芳、焦书竹、刘炽明
后排左起：葛秦生、唐敏一、赵志一、宋鸿钊

艰苦朴素，助人为乐

林大夫从小到老，家境当然是殷实的，甚至是富裕的，但林大夫却始终是简朴的，好善乐施的。

她从开诊所始，就常常补贴穷苦人家；之后在中和、协和大医院工作，她常会把钱塞压在困难孕产妇的枕下……几乎成了一种习惯，默默地、虔诚地，从未张扬。

解放后，林大夫工资很高，她是一级教授，每月工资360元。王大夫、宋鸿钊大夫、葛秦生大夫当时是四级教授，每月工资240元。连大夫等是高级讲师，每月工资130元。吴大夫是主治医师，每月工资97元。黄荣丽大夫等1958年毕业，每月挣62元。我是老末，每月挣56块5毛。

有意思的是，我们一点也不觉得穷苦，我们两口子加起来每月不到120元，养两个孩子，日子过得不错。当时住在护士楼，过马路买两毛钱肉，炒个菜没问题，周日做顿5毛钱的肉馅包的饺子，算是奢侈的了。

林大夫当然是高薪！"文革"时，红卫兵还让月薪100元以上的"资产阶级"集合到10

楼223训话呢！

林大夫还有100元的人大常委"车马费"，但她从未领过一分钱。

林大夫的收入，三分之一交给周大夫（周华康主任，协和儿科大夫，林大夫侄女婿，林大夫与他们住在一起），三分之一照例不误的寄给上海戴克范（林大夫的侄媳妇，林大夫不忘其兄长之恩，一直照顾其后人）。

林大夫除了置办些衣服以外，别无花销、嗜好。她在饮食上很随便，虽然是福建人，但我发现她对馒头等北方主食都很喜欢，也从不剩饭菜。一个普普通通中国老太太的样子。林大夫走路轻快，如上三层，从不乘电梯。外出开会，坐医院的那辆"华沙"车，小得不起眼，开会散场，林大夫的车肯定被拦在最后……

那年入住广东迎宾馆，我去注册，三天伙食费分3元、6元、12元三档，我得请示林大夫。林大夫笑着跟我说："郎大夫，我给你订12元的吧。"（啊，3天12元，我月薪的五分之一！）当然是开玩笑。"我也不能亏待你们两个，就订6元的吧。"林大夫又笑着说。

果然，吃得不错。

协和的守望

精神矍铄的林大夫

林大夫的办公室和桌椅

林大夫朴实无华,重学术,专业务,不讲排场,不摆架子。

60年代初,林大夫的办公室就在通往15楼3层过道的一间小屋里,只容放两张书桌、两把椅子。旁边一个小门与另一个小屋相连,那是办事员吴棣华的房间,更小,只能放一张小桌、一把椅子。局促的空间,又被两个橱柜占据,放些书籍杂物,门后的铜钩用于挂更换的衣服。如此而已。

好在来访的客人并不多(都知道林大夫很忙)。科里的行政事务由王文彬副主任管理,重要的活动或接待外宾在5楼会议室。

林大夫这个超级狭小的办公室只有一扇窗户,但"功能"非常!对过就是产房,产房里的活动隐约可见,声音可以比较清晰地传过来。遇有产妇"特别"的呻吟、呼喊,林大夫会立马赶去,超不过30秒,比电话都及时!都说"林大夫是一辈子的值班医生"。今天我写到这里,陡然间悟道:林大夫还一辈子都守候着产程!

后来,这间屋子变成了党支部办公室,林大夫办公室搬到隔壁实验室,空间大一些,多了一扇窗户，依然面对产房，依然可以知道产房发生的事情。旁边套间里放着冰箱、杜瓦瓶，常有实验人员走动，林大夫并不在意，安之若素。

晚年，林大夫办公室移到5楼一层，可以不爬楼梯了。也只有一间，邓颜卿照顾老人，这时我倒是常去了……

林大夫过世后，她的办公桌和椅子由宋大夫用，吴大夫与宋大夫同在一室。桌椅都是协和的老物件，很陈旧，质量却很好。桌子的几个抽屉很好用，功能齐全。桌子上的绿色玻璃罩座灯古香古色，灯光柔和温馨。椅子木制，没有弹簧，却可转动，林大夫身体轻盈，双腿一跷，轻巧一圈，有说不出的美好之感。

吴大夫也不在了。1992年，我回科室当主任，用吴大夫的桌椅。这时，宋大夫执意要把林大夫的桌椅让给我，怎么推让都不行——这个位置我坐了24年！

"你坐，你坐，林大夫的桌椅好！"宋大夫真诚地对我说，那有些诡谲的眼神令我至今难忘。

"万婴之母"林巧稚

林大夫在办公桌前

林大夫的办公桌,我一直在使用

林大夫的电话

林大夫的电话是非常重要、非常热烫、非常值得我们怀念的一部电话!

林大夫家离医院不远,就在马路对过的外交部街。这部电话把她家和医院,特别是和妇产科紧密地连在了一起。

我以为这部电话就是她和医院联系的纽带,这部电话让我们感觉到,林大夫就在我们前面,给我们引路、指路;这部电话就像林大夫在我们的后面,托扶、推动着我们向前走;这部电话就像林大夫在我们身边,提携、保护着我们——给我们方向、给我们力量。

所以,林大夫说,她是"一辈子的值班医生!",这个电话就是她一辈子守候责任,随时听候召唤的笛鸣!

这部电话,是一条生命线。我们遇见的各种问题,随时向她请教,这可是千千万万妇女和儿童的生命啊!生命和健康,系于一线。

这部电话是一条脐带,把我们如同与母亲一样与林大夫连接起来。我们会感受到林大夫心脏的跳动,她给了我们血、氧、勇气、力量。那也是我们的生命线!

所以，几十年过去了，林大夫这部电话的号码，我们都不会忘记，正像我们不会忘记林大夫。

我们还都知道一个不是秘密，但非常重要必须记住的事：如果你打电话请教了林大夫，你按林大夫的指示办了，你必须给她一个最终的回话，无论是春夏秋冬，深更半夜。有时候，你会以为按林大夫的指示办了，没事儿了，就不要再打扰她老人家了。这不对，她没有放心，她在等候结果，否则她就一夜睡不着，反倒苦了老人家。

这使我想起一个故事：楼上的客人很晚才回来，他脱掉两只靴子，砰砰两声，楼下的人就被惊醒了。时间久了，忍不住向楼上的客人提出了奉劝。这天，楼上的客人回来以后，习惯地把一只靴子脱下一扔，然后他突然想起来会打扰楼下的客人，就把另一只靴子轻轻地放在地上。那楼下的人，还在等他脱扔另一只靴子呢，反倒一夜没有睡着。

当然一个烦心的靴子声音和一个揪心的电话回复，不可同日而语，但我们会理解林大夫的良苦用心和责任担当。

我建议把林大夫的这部电话收到博物馆去，让所有后来者，也随时检试、考量自己。

协和的守望

2003年,在林巧稚妇产科中心会议人员留影

林大夫的正直与睿智

作为一位卓越的科学家,林大夫当然是正直的;作为一位聪慧的社会名流,林大夫当然也是睿智的。

随着新中国经济建设的发展,人口问题也接踵提出,曾经有过马寅初先生的"新人口论",邵力子先生的建议,等等。1971年,计划生育已经作为国策确定下来。

林大夫对此国策当然是拥护的,但如何开展好,林大夫也勇于发表自己的意见。

晚婚晚育是一个需要有科学诠释的概念。

那次的访问很严肃,我在旁记录———

问:晚婚晚育是不是越晚越好?

林:当然不是。

问:30岁结婚、生孩子最好吧?(在"诱导"林大夫)

林:不是。你这里有两个错误:第一,结婚必须有一个法律时间点,比如18岁、20岁;而生育不能是一个时间点,而是一个时间段。第二,从生育生理而论,最好的时间段也不是在30岁之后,而是在这之前,绝不是越晚越好。

问者不再问。

林大夫则说:"请你把我的原话如实报告,或者让郎大夫给你写出来。"

1972年10月,以吴蔚然为团长、林巧稚为副团长的中国医学代表团访美。这是中美关系"解冻"后的重要活动,时任总统尼克松接见了代表团。

林大夫也是二十多年没去美国了。美国的医学的确有了很大的发展,先进的医疗设备和实验方法,临床与基础研究都有长足的进步。但林大夫却发现了一个重要的问题,而这个问题恰恰因美方"得意"的谈话,而得以阐述。

林大夫说:美国的科学技术很发达,也推动了医学的进步。先进的技术和设备固然是好的,但我担心,它会成为医生与病人的障碍,或者医生与病人更相信和依赖检查与化验。也许,这对于医学或者医疗是一种潜在危险!

林大夫语出惊人。大家始为诧愕,后为赞许。

回国后,这一观念是她报告的中心内容,也是我们推行医学人文的基本观点。

林大夫的名言是:临床医生不要脱离临床,离床医生不是好医生。

1972年，中国医学代表团在美国留影。林巧稚（左四）、吴蔚然（左五）尼克松（左六）、基辛格（右一）

林大夫——世纪智者

这是著名画家冯远的一幅名画,就叫《世纪智者》。

在画里,我们可以找到马克思、爱因斯坦、居里夫人,我们可以找到鲁迅、李大钊、齐白石……这里有我们所熟悉的或者不熟悉的思想家、哲学家、文学家、艺术家……

令我震撼又惊喜的是,我发现还有我们的林大夫!

林大夫当然是伟大的,她在这"世纪智者"群里,让我们有了很多的尊崇和思考。

一个可以说是"普通的"妇产科医生,救死扶伤,呕心沥血,自然是善人贤者,怎与那些改变世界、改变社会、改变思想的人杰们比较呢?

我终于得到了初步答案,这就是我在中国医师协会妇产科分会已连续七年颁发的"中国妇产科好医生"(林巧稚杯)颁奖词里的一段话:

> 我们和许许多多被她救治,被她教育,被她感动的人一样,永远谨记她留给我们的珍贵礼物——

对知识和技术的渴望，
对真理的追求和理解，
对人的亲善、同情和关爱，
以及用毕生力量改善人与社会健康的智慧。

请诸位留意，这最后一句，"人与社会健康"！

林大夫不仅改善着人的健康（还不完全是身体的），也改善着社会健康。

她一生辛勤的劳动、思想的贡献，体现和教诲于"人与社会"的善良与友爱，宽容与忍让，乐善与好施，勤勉与谦虚，艰苦与朴素……这些优良的、高尚的品质，正是改造"人与社会"的目标和力量！

于是，也许不仅仅是医生，从事任何职业，或者处于任何地位的人，都应该以这种智慧生活与工作，我们的民族和社会一定会变得更美好！

我们向林大夫学习的还有很多很多。

协和的守望

《世纪智者》，冯远绘

林大夫教我们做科普
——医生的本职、医生的责任

恰在 40 年前，我们迎来了改革开放的新时代，迎来了科学的春天，迎来了科普的春天——科学家们顿时焕发出盎然的生机。1980 年 2 月第一版《家庭卫生顾问》（以下简称《顾问》）由北京出版社出版，至 1983 年 5 月第三版时，印数已达 278 万册。请留意：主编是林巧稚，副主编是高翼、张金哲、翁心植。19 位编委都是各学科年富力强的医生，现今皆为医界名家。接着，于 1981 年又出版了薛沁冰、林巧稚、叶恭绍主编的《家庭育儿百科全书》，第一版就印了 40 万册，可见当时医生对医学科普著书立说的饱满热情与公众如饥似渴的需求。

就《顾问》而论，从"生儿育女"到"祝你健康"，防病看病、家庭用药、卫生常识、营养嗜好、急救处理、生活起居、锻炼护理……可以说应有尽有、有问有顾、须知应会，是一本兼具科学性、实用性和通俗性的科普佳作，所以受到热烈的欢迎和广泛好评。

一定是有一种力量，让老医学家们带领众多的医生热情地投入到科学普及的工作中来，把它当作一种责任，当作医生职业不可或缺的一部分,或者可以说科普就是医生的一项本职工作。这里有许多理由让我们必须如是做,其中很重要的一项是预防为主的医学思想:把防病治病的知识告诉给大众,预防疾病在先,治未病在前。林巧稚大夫有句名言:"妊娠不是病,妊娠要防病。"如何防病,要让人们知道其中的道理,并与大夫配合。林大夫曾告诫我们:"如果等孕妇发生了严重的问题再找我们,妇产科医生的职责已经丢掉了一大半!"这是对我们的警示和鞭策!

当然,科普工作包括很多方面,有各种形式:门诊交流、术前谈话、术后随访,都是科普的好机会和必要步骤。此外,宣教、讲演、影视、书刊等也都是医生进行医学与健康普及可用的方式与传播渠道,可以说科普大有用场、大有可为。尽管业内还会有些成见或偏见,如认为"科普是不务正业""科普浪费时间"等,但当我们深刻理解医生的职业本质及医学的人文本源时,我们几乎无权,也没有理由鄙薄、排斥与忽略医学科普了。

1965年,年逾花甲的林巧稚大夫参加中国医学科学院赴湖南医疗队,在湘阴县巡回医疗四个月。根据农村基层的实际情况,她编写了《农村妇幼卫生常识问答》。一位德高望重的最权威专家亲手编写最通俗的科普读物,用心何其良苦!林大夫给我们的观念和教育是,科普是医生的正业,是医生工作的一部分。鄙薄科普是错误的,不做科普是有缺憾的。

1981年10月林大夫家乡的出版社——福建人民出版社来看望林老,并约请她给中青年父母编写《实用育儿指南》。林大夫感动、激动,深情地说:"这个事情我们要做,要尽心竭力地去做。"她慨然允诺,并叮嘱我主持完成这一工作。我们没有辜负林老的嘱托和期望,于1983年4月她逝世前出版了此书。林大夫教我们怎样做医生,林大夫教我们怎样做医学科普。

《顾问》和《指南》的编写，让我受到了教育，得到了锻炼，以致这之后"不能收住"，接着又出版了《妇女健康漫识》《妇女科学文丛》等科普书。1990年中国科普创作协会改名为"中国科普作家协会"，我被选为副理事长。

做科普的确应是科学工作者的责任，而不是分外之事。现在，大家比较重视科普了，国家科技奖里居然也有科普类。一些大科学家都非常重视科普，钱学森先生曾明确提出要求，发表一篇优秀的科学论文，应该同时发表相关内容的科普文章。像苏步青、华罗庚、茅以升等都不仅是伟大的科学家，也是卓越的科普作家。

作为医生，道理尤为明白：一个医生一天看几十个门诊，做两三台手术，至多惠及几十人，但写一篇科普文章却可能造福千百万人！而且这也是在为提高整个国家与民族的卫生文化意识和健康水平做贡献。

一位医学哲人说得好：如果你仅仅是个好医生，那你还不算是个好医生。

协和的守望

《家庭卫生顾问》书影

《实用育儿指南》书影

问路与指路

林大夫曾给我们讲过她的一段经历。

20世纪30年代,林大夫在英国伦敦进修。有一次,她去参加一个学术报告会,人生地不熟,走了好久也没找到会址。她问路,回答总是"往前就是!",等她赶到会场,却已到了会议结束的时间了。林大夫苦笑着说:"也许我的口音别人听不清。不过,我吃了苦头,却养成了一个习惯——此后,凡是有人向我问路,我一定要指点明白,有时还要陪着走几步,免得让人走冤枉路。"

问路与指路,本是一个生活中的小事,可是林大夫悟出的是做人的哲学和做事的道理。

林大夫想着的就是别人,"自己的活是为了别人更好地活"。无论谁向她求教问题,她从不厌烦,从不敷衍。

无论临床实践,还是基础研究,她的思路、她的提议、她的支持、她的指导都是宝贵的、热忱的、负责任的指路。而她总是谦虚地说,我只是为你们"垫垫肩,铺铺路"。

曾经,我们遇到一个全子宫切除术后,阴道残端类似肉芽和息肉壮物,屡经硝酸银烧灼或撕拧而不愈的病例。请教林大夫,林大夫真是经验丰富,判断如神。"怕是输卵管脱垂。"她说。并指明要我去找一本书:《妇科诊断与治疗的陷阱》(*Pitfall of Diagnosis and Treatment in Gynecology*)。我在图书馆的地下室找到了这本书,书中对输卵管脱垂描述得非常清楚。依法处理,很快奏效。后来,我们也进行了病例总结报告。我还就以这个题目写了一篇长文,做了一堂报告。

林大夫逝世几十年了!我们逐渐加深理解该如何"问路与指路"。

医疗"陷阱"与规避

还是在20世纪60年代初，我刚到北京协和医院妇产科做住院医师，遇到了一个虽然不是太大但很麻烦、棘手的问题：一个做了子宫切除的病人，术后总有少量阴道出血，经检查，像是比较常见的阴道残端的肉芽或息肉，红色的、细舌样组织，采用扭除和用硝酸银烧灼，常规情况是可以治愈的，可是这病人经三次手术处理后仍不见消除、好转。我请教林巧稚大夫。林大夫对此很敏感，十分睿智地沉吟道："怕是输卵管脱垂吧。"并推荐我去看一本书《妇科诊断与治疗的陷阱》。我在协和图书馆的地下室里找到了这本书，一本不起眼的小册子，却描述了妇科临床上常见的，特别是不常见的问题：误诊或者漏诊、手术的误区和规避，注重预防、注重诊断、注重处理。而且全书图文并茂，明确清晰。书中详细地阐述了林大夫所说的"输卵管脱垂"，我依法处理，病人速愈！感谢林大夫！感谢这本书！

类似这种医学书籍凤毛麟角，曾有一本杂志叫《误诊误治》，不到两期就惹来了不少麻烦，只得停刊，无人再敢有这种念头。其实，总结经验、接受教训与提高水准是密不可分的。萨克雷说:"如果你从来没有做过傻事情,那么你大概不会成为智者。"(《鳏夫洛弗尔》)毛主席曾说过,"错误和挫折教训了我们,使我们比较地聪明起来了"。学习、工作和生活的经验告诉我们,我们从错误和失败中获得的益处,要比从成功和胜利中得到的还多。临床实践中会遭遇风险和陷阱,是由于医学具有两大特点:一是医学有很大的局限性,医学研究人类自身,而人类自身的未知数最多;二是医学的风险性,医疗是在活的人体上施行的,无论是诊断或者治疗。医疗的局限在于认识的局限,认知总是相对的、存有片面的,甚至是错误的。科学或者科学家都不能说"我什么都知道",医学或医生都不能说"我什么病都能治"。公众也应该如此了解、理解和谅解医学的窘境与无奈、医生的困惑与无力。期望过高与实际之间的落差可能是医患矛盾出现的重要原因之一。现代科学技术极大地推动了我们的认知能力,提升了诊治水平,促进了医学发展,但是技术是要人来认识和掌握的。无论技术如何先进、如何完美、如何高超,如果对其理解有限、认识偏颇、掌握不当,依然不能体现其先进、完美和高超,甚至滑向反面。即使是现今流行的大数据、智能医学,也依然会有"数字盖不住的地方在呐喊"!所谓"循证医学"也一样,循证是为制定决策提供证据,但其本身并不能代替决策,决策还要考量其他因素。一个医生虽然掌握了一些循证材料,如果没有临床经验,也还是不能很好地诊治疾病。况且,对于少见病、罕见病、特殊情况,丰富的经验依然是宝贵和重要的,这时医生的经验就是证据。诚如,我开始介绍的病例,林大夫有经验,她明确了诊断,还指出了应该查阅的文献,虽然是少见病,却依经验取得了良好的效果。"艰难的医学"还在于医学的人文性,这是其他自然科学所不及的。人文性的重要观念是:其一,诊治疾病不仅考虑疾病本身，还有人的因素，他的思想、感情、意愿、要求及家庭与社会背景；其二，罹患疾病名称是一样，但表现却不相同，所谓"同一种病，一个人一个样"。因此，医生的诊断治疗，一方面要考虑到疾病本身的生理学、病理学、诊断治疗学的规律与规范，另一方面考虑病人本身的人文因素，并以人文关怀对待之。这需要包括医生所共有的哲学理念和思维方法。所以，陷阱的规避和处理，除了丰富的经验、精湛的技术、高尚的医德和负责的精神以外，医生和公众或病人都应牢记"有时是治愈，常常是帮助，总是去安慰"（特鲁多语）。患者该多么需要睿智的医学体恤者，该多么需要理解贫困的医学和乏术无力的医生。我们都有保存、保护生命和健康的期望与乐趣，但我们都需要理解、耐心和安静！

听林大夫说话

坦诚地讲，林大夫不太善于言辞，加上她自幼在闽南长大与长期使用英语的习惯，很少见林大夫用普通话来做长篇大论。

但这更使我们从她并不多的谈吐中，领会和透视出她的睿智机敏、真知灼见。

林大夫很早就指出："妊娠不是病，妊娠要防病。"她还说："如果等到孕妇有了问题才找你，产科医生的职责已经丢掉了一大半！"这就是以后发展起来的围产医学的理论基础啊！

林大夫的人文思想是她伟大医学思想（预防为主，实践第一，服务或人文精神）的重要组成部分。她经常告诫我们："人不是机器，病人不等于出了毛病的机器，人有思想、感情、意愿、要求，有家庭、社会背景。这一切都要全面考虑，要从病人角度考虑，不能仅仅靠医疗原则。"这些话都值得我们一生牢记与践行。

林大夫常常语重心长地告诉我们："一切为病人着想。"这是原则，这是戒律。林大夫常说："有时你以为把病治好了，可是病人并不开心。她的烦恼并没有解决，或者又增添了新的烦恼。"

林大夫心地洁净如水，清澈见底。她虽饱

经沧桑，但稚童般纯正的心一尘不染，也不为世俗所惑。她为人正派，诚恳坦率。她一碗水端平，维护集体的融洽团结。

林大夫晚年，事情不是很多，我跟林大夫说："让我去第二外国语学院学学外语吧？"林大夫爽快地回答："好哇。"那时候已经有了科室的"核心组"，林大夫一提出来，有人争着说："我也去……"事后，林大夫跟我说："他们都想去。"我和林大夫都莞尔一笑，此事作罢。

林大夫话虽不多，却常有惊人之语。那次我们一起看长江大桥的明信片，一张一张景色壮丽雄美。有一张是几个工人的留影，有人说："这张不好看。"林大夫紧接话茬儿："就是他们造出来漂亮的大桥啊！"

有一次，在景山公园儿童文化宫，林大夫应邀做讲演，她讲到最后，说："如果有人问我：'春天在哪里？'我就说：'春天就在台下边！'"

热烈的鼓掌，雀跃般欢腾！

这可是我稿子上没写的呀！林大夫真棒！很有诗意啊！

字字珠玑，终生不忘。

对林大夫的称呼

称呼或者称谓，是个很平常的事情，但也是一个很重要的事情，甚至还是有点复杂的事情。人们之间交往，无论见面，还是信函、电讯、网络等方式，首先就要打招呼，或者叫个合适的称谓。

用何称谓，因素颇多：长幼辈分、阶层级别、职业行当、风俗习惯、教养礼仪，甚至不同时间地点、境遇状况、任何事情……称呼得正确、适宜，双方坦然愉悦，该多么重要！

可是在林大夫这里就变得简单了，我们就称呼她为林大夫。无论是资深教授，还是年轻大夫；无论是老同志，还是小护士；无论是医院领导，还是普通工人，大家都亲热地称呼林大夫。当然，我们总会彬彬有礼、尊崇有加，林大夫对大家也都是客客气气、诚诚恳恳。这在协和医院是个习惯，是个约定，像张孝骞，称张大夫；方圻，称方大夫。妇产科内则称宋大夫、连大夫、吴大夫（在背后，我们会直呼吴葆，那是昵称）。

其实，林大夫也有很多很贴切的称谓的，就学术地位来讲，她是学部委员、院士、学会会长、主任、教授、专家等；就社会职务来讲，她是院长、主席、委员、常委等。但这一些，我们都很少听过、很少叫过。却有人叫过林巧稚"先生"的，那是很尊崇的称呼，不论男女，在科学院、科学界尤为突出者常被如此尊称，如我们熟知的女科学家林兰英先生、黄量先生等。林徽因以美女、才女著称，英年早逝，后人亦称她为林徽因先生，以示尊爱。

解放前，林大夫亦被称 Dr. Lin（Qiao Zhi），她有时用 Kai Ti 或 K.T（开谛）的名字。

在家里，北京与上海的侄媳家和侄女婿家，都叫她姑姑。周华康大夫（林大夫的侄女婿）是协和儿科主任，在家里也还称呼林大夫。

称"某某老"是十分恭敬的尊称，但似乎也没有谁叫过"林老"。现今，倒是四五十岁的大夫就被称"某某老"了。有人问我："您该称郎老啦？"我说："不敢不敢，不是怕老朽，而是怕沉重。没有人叫我郎老，倒是有很熟悉的老朋友叫我老郎。"

林大夫的签名照

林大夫与黄家驷（右一）、陈敏章（右三）等人一起研讨

跟林大夫查房

林大夫查房当然是非常庄严、令人振奋的事情。

林大夫主要查产科,那时 11 楼(过去叫 K 楼)2 层(病理产科)和 3 层(生理产科)一道查巡。查房是一件很隆重的事。我们要把重点病历背得烂熟,因为病历夹要呈给林大夫,我们不能看,连个纸条备忘都不行。

至少一二十人,依级别排开,煞是壮观!衣冠当然要整洁,但似乎没有在香港玛丽医院那么严格。玛丽医院的马钟可玑主任(当过国际妇产科协会主席)看见谁的大衣纽扣没系好,会怒斥道:"把扣子系好!"那次,正好宋大夫去访问,宋大夫体胖,衣装局促,扣也没系好,忙不迭地整理。大家反倒都笑了,气氛却轻松了许多。

林大夫查房可不循规蹈矩,她看到什么、听到什么,便引出话题谈起来。看到窗棂是绿的,会问医院里为什么常用绿色;看到病房窗户都开启一条线,茶壶嘴都朝一个方向,又问为什么。这些问题也不一定好答呢。

查到一病人是剖宫产后第二天腹痛发高烧。

林大夫说：是选择性剖宫产吧，宫颈未扩张，宫腔积血，或容易招致感染。一语中的，扩张宫颈，招到病除。

有次正在查房，后面一个孕妇发出屏气的呻吟声，林大夫警觉地一回头，"快生了！"，立即推进产房，少顷，婴儿娩出。好险！那时候有些"大经产妇"真是"说生就生"呐。

林大夫思想睿智活跃，像树枝一样顺势而上，并不在乎"一二三四五"几个分点。陪同的高级大夫从不打断，遵从主任尽情发挥。

有时，林大夫一句英文不知怎么转成汉语更好，或者为一个词儿怎样表述合适而踌躇一时，高级大夫接上来，林大夫会非常满意和高兴。

所以，跟林大夫查房，你得会听会理解，那是很难得的呀！

还有一点，查房后，林大夫的眼镜、夏天的扇子往往会落在病房，给老人家送去，会得到至少一把巧克力的奖赏……

我如何协助林大夫写东西

林大夫除了繁忙的业务工作以外,还担任全国人大常委、全国妇联副主席等要职,是妇女界、科学知识界代表和社会名流,这方面的公务活动很多,还要接受广播电台、报纸杂志、会议发言、报告文件等之约之命,要有政策意见、科普教育、青年寄语以及海(境)内外宣传等,免不了要做很多报告、撰稿、著文等。我协助林大夫做一些这方面的文字工作。

首先,和来约方交流意图、内容要求、形式特点等。依此,我先与林大夫有个交流,请林大夫把看法都讲出来,我整理出一个"清样"或提纲,告知对方。

然后,是林大夫与我跟他们见面,接受正式采访,我一方面记录,一方面"协调"好双方的交流(因为,他们不知道怎样能与林大夫很好地交谈)。

最后,我编撰成文,念给林大夫听,或请她审阅定稿,或再征求一下对方的意见,这才算是完成了。

在这一过程中,我会从林大夫处学到很多睿智的思想、深刻的理念。我们往往会为一个词、一句话讨论半天，都是很有意思的过程。尽管我是晚辈和学生，林大夫对我却是很尊重和体谅的。有时，讨论不出合适的"话"，林大夫会笑着说："那就按你说的写吧。"

林大夫真的是很认真地准备和预习讲演的。那时中央人民广播电台有"对台广播"，用闽南话讲，林大夫到北方好久了，为了讲得更准，她亲自对全篇稿子注上马来语音标。

对于参政议政、法规讨论、重要发言，她更是审慎斟酌，精心推敲。

林大夫真是呕心沥血、殚精竭虑，为妇女健康、为祖国发展贡献了全部智慧和力量！

陪林大夫走访大江南北

1975年，国家卫生部让林大夫到各地走一走、看一看。主要是"文革"之后，科学技术复苏，医疗卫生复苏，让林大夫了解一些情况，促进医疗卫生工作，我想这应该是周总理的意思。

宋大夫和我陪同。宋大夫当时已是知名教授，我当然是要照顾他们二位，做一些具体的杂事，却是轻松愉快的。

我们的第一站是到河南郑州，主要是和当地的卫生部门领导做一些谈话，了解情况和需求，到一些医院看一看。有些林大夫的老朋友、老相识，也都看望一下。在南京我们见了刘本立教授，他是很著名的妇产科教授，我读过他写的《疑难产科学问题》，是当时难得的好书。在武汉，我们见到了搞计划生育很有名的吴熙瑞教授，他温文尔雅，对林大夫毕恭毕敬，对计划生育提出了不少好建议。还有做妇癌放射治疗的张练教授。张练教授活跃幽默，很像吴葆桢大夫，所以我们初次相见就很亲切，他讲了很多有意思的放疗知识。

在广州，我们见到了协和的老校友林剑鹏教授。还有孙逸仙医院的庄广伦，他是国内最早从事生殖医学的元老之一。他让我们看了他的冷冻精子库，在他后来的专著里还专门记述这一段经历。在中山一院肿瘤病房，我们还观摩了刘天麟的动脉插管灌注化疗，那时他刚刚做起，是从股动脉插管施行的。在广州时间比较长，我们还看望了跟林大夫同辈的梁毅文教授，当时已有"北林南梁"的说法了。现今广州市立二院有梁毅文的塑像，供人们瞻仰。

在上海，有林大夫很熟悉的林元英、田雪萍、王菊华等大夫，大家聊了很多忆过去、看未来的闲话。

走访了大江南北，我的感觉是，十年的"斗争"阴影即将驱散，人们有一种复苏和解放的感觉，如释重负。但似乎还没有意气风发，轻装上阵，还需要调动热情，振奋精神。一些熟悉的前辈已经不在，新生代也亟待扶持成长。医疗、教学、科研都需要加紧整顿、策划、上马，扬鞭疾行。

在这个过程中，我也感觉到林大夫在业内有非常崇高的地位和影响，她有很强的号召力，虽然她的话并不多，但给大家的力量是满满的。此行让我也认识了很多同道，学习了很多。

我觉得年轻人跟随前辈走出去，一定受教，受益颇多。像后来我经常跟宋大夫、吴大夫参加各种会议活动，都是很好的学习机会。我还与像山东的"苏江二公"（苏应宽、江森）等，都成了忘年交，终生聆教受益。

"万婴之母"林巧稚

林大夫与医生们分析会诊报告

林大夫给我们留下的……
——关于《林巧稚妇科肿瘤学》

《妇科肿瘤》付梓于 1982 年，那时林大夫已卧病在床。这是北京协和医院妇产科同人几十年关于妇科肿瘤临床与基础研究集大成之作，由林大夫亲自拟纲并组织编撰。1978 年，林大夫赴欧洲四国访问，中途罹病回国，即着手筹划此书。庆幸的是《妇科肿瘤》在林大夫仙逝之前终告出版，令人不胜欣慰！之后，1993 年、1999 年、2006 年接连推出第二、第三、第四版，易名《林巧稚妇科肿瘤学》，以资纪念。第三版封面是红色的，第四版封面是蓝色的，业内称之为"红宝书""蓝宝书"，足见其影响了。

林大夫知识渊博，技术全面，鸟瞰于广阔，深邃于洞察。她对妇产科各领域之发展运筹帷幄，举重若轻。

林大夫更专注于产科，其他各领域她都已派"强将重兵"把守了。其实，她对妇科肿瘤有很多真知灼见，比如：

早在 60 年代初，她就提出"良性葡萄胎"可以有"肺转移"的问题，描述其特点和预后，涉及"恶葡"的诊断处理（撰文发表于 1964 年，与连大夫合作）。很早，林大夫就根据卵巢生殖细胞肿瘤的特点，提出保留生育功能治疗的可能性，典型的例子就是那位 16 岁的卵巢无性细胞癌患者袁嬿珠被林大夫理想的救治。须知，当时这可是要冒很大的风险的。后来，有了连大夫促进未成熟畸胎瘤"转化"成熟的治疗，以至整个卵巢生殖细胞肿瘤都可以用保留生育功能的手术加以有效的化疗得以治愈。

林大夫还对妊娠合并宫颈癌，提出人性化的处理方案。她与吴大夫共同完成了子宫内膜异位症一章。

所以，我们妇科肿瘤的研究成果的取得都是与林大夫的策划、指导和具体实施安排分不开的。

也因此，林大夫主持编撰《妇科肿瘤》势在必行，水到渠成！

新世纪面临的医学问题，主要有人口老龄化、计算机技术的广泛应用和信息"爆炸"、遗传学的深入研究、人类基因图的完成以及医疗卫生保健系统的改革等。这对医学的发展和医生的责任提出了新的挑战，创造了新的契机。癌瘤或者癌病仍是人类的主要杀手，除肺癌、肠癌以外，女性的乳癌和生殖道肿瘤的发生率不断上升，这将是妇癌工作者的沉重任务。

妇科肿瘤诊治的传统观念仍然是普查普治、早诊早治，近年又在治疗方面强化了现代观念，这就是微创化、个体化、人性化和多元化。内镜手术、经阴道手术、介入治疗（超声介入、高能超声聚焦，即 HIFU 和放射介入）等为我们提供了更多、更好的微创技术。但微创是一个基本概念，是一项外科原则，诚如"医圣"希波克拉底所言："请你不要损伤！"这也可为肿瘤诊治的箴言。

所谓个体化和人性化，系指在诊治的规范原则下，因人、因时、因地的不同，采取相应的对策，并注意保护及改善病人的生活质量，尊重病家意愿和要求，重视保留其生理和生育功能等。现今的治疗亦提倡多种方法、多种途径及联合治疗，强调支持治疗以及精神心理的关慰和照料。为此而实施的妇科肿瘤诊治现代策略是注重筛查。液基细胞学检查及人乳头瘤病毒（HPV）检测为宫颈癌筛查提供了简便有效的方法，子宫内膜癌的筛查亦在推行新的尝试，唯卵巢癌尚待研究更特异的标志物。癌前病变与交界瘤的处理业已成为重要的防治癌瘤的重要程式。保留生理生育功能的关键在于理念，手术及化疗选择对子宫、卵巢，甚至卵子的保护为首。难治性及复发性癌病的处理依然是最棘手的难题，逐渐形成的原则、方法以及深入的基础研究有助于攻克这些堡垒。此外，加强妇科肿瘤医师的人文修养对于诊治决策的建立至关重要，包括医师的哲学理念、医患关系、谈话与交流等。

正是在这种情势的影响下，在现代观念和现代策略的推动下，《妇科肿瘤》一版再版，不断翻新。在修订第四版时，北京协和医院妇产科及妇科肿瘤专业组，老中青学者密切协作，临床与基础研究深入结合，使妇科肿瘤的诊治水平又提升了一个新的台阶。该科承担了多项关于妇科肿瘤的国家级科研课题，特别重视宫颈癌的普查普治，是最早引入液基细胞学、TBS分类及人乳头瘤病毒DNA检测（杂交捕获，HC2）的单位；并承担了北京市科技项目"北京城乡子宫颈癌前病变发病调查及早诊早治"，以及卫生部"十年百项"项目，推行宫颈癌预防（CCP）的规范化等。此外，进一步重视妇科恶性肿瘤保留生理生育功能的临床研究，逐渐建立与形成青少年妇科肿瘤学及肿瘤内分泌学亚专业，将PET引入诊断与追随。并负责多项新的化疗方案的临床试验和推广实施，率先开展保留子宫的子宫颈根治术（Radical Trachelectomy）以及将腹腔镜手术引入妇科恶性肿瘤的治疗，对和肿瘤有密切关系的子宫内膜异位症的发病机制提出了新的观点，还报告了有效治愈少女外阴横纹肌肉瘤、母婴同患胎盘绒癌等少见及罕见病例……

凡此种种，都在新版书中得到了很好的体现，使其成为具特色的新颖的、有实用性和学术价值的参考书。非但如此，主编还邀请了科外、院外、市外的著名流行病学家、细胞学家、病理学家、免疫学家、肿瘤药物学家、放射学家等撰写有关章节，使其内容更加丰富、充实，颇具权威性。正是在全科同道的齐心努力下，近些年的妇科肿瘤的基础与临床研究，多次获得国家级与部、市级奖励，并出版了不少有价值的著作，如《卵巢肿瘤的基础与临床研究》（连利娟主审、郎景和主编，2001年）、《妇科肿瘤——面临的问题和挑战》（沈铿、郎景和主编，2002年）、《临床妇科肿瘤学》（[美]迪萨埃著，郎景和、沈铿、向阳主译，2003年、2018年）、《滋养细胞肿瘤的诊断与治疗》（宋鸿钊、吴葆桢、唐敏一、王元萼著，1983年）、《宋鸿钊滋养细胞肿瘤学》（宋鸿钊、杨秀玉、向阳主编，2004年、2011年）、《子宫颈学》（郎景和主译，2005年）、《妇科肿瘤笔记》（李雷、郎景和著，2016年）等。这些成果是同人们辛勤劳动的结晶和阶段总结，在之后再版中得到了升华与体现。

应该诚挚地感谢主编连利娟教授。连大夫作为林大夫之后的老主任、著名的妇科肿瘤学家，颇多建树。开始协助林大夫编撰《妇科肿瘤》，之后又主编第二、三、四版《林巧稚妇科肿瘤学》，获卫生部医药卫生杰出科技著作奖和北京市科技进步奖。她虽年事已高，却壮心不已，殚精竭虑；她极端认真负责，事无巨细，精益求精，堪称楷模。我们大家都把几次再版过程当作一种学习、一种领教、一种锤炼、一种提高的机会。

我们深切地领会到，林大夫不仅是中国现代妇产科学的开拓者，也是妇科肿瘤学研究的先驱。2018年12月，我们照例召开了林巧稚大夫诞辰的纪念活动。这个活动至她117周年诞辰、仙逝后的 35 年间从未断过，我撰写此文也是对她的纪念和学习。我们还深切地怀念对妇科肿瘤学发展与本书各版做出卓越贡献却已仙逝的宋鸿钊教授、吴葆桢教授、王元萼教授和夏宗馥教授，他们的名字和事迹将铭刻于后来者和读者的心里！

  一本书就是一部历史——它是跋涉者的足迹，它是攀登者的血汗！一篇短文就是一段回忆——它是一种相聚的方式，为缅怀和承袭前辈和先哲们。

"万婴之母"林巧稚

几版妇科肿瘤书影

吴葆桢（左二）牵头的卵巢癌研究组获奖后合影
右起：连利娟、郎景和、黄荣丽、吴葆桢、赵荣国

深切怀念周总理

1976年1月8日,我们敬爱的周总理逝世。举国哀痛,万民悲痛。林大夫也陷入了深切的悲恸和无限的怀念之中,在她的办公室里设了一个小的供台,放着周总理的遗像。

就在林大夫办公桌的对面,林大夫默默地在那里凝视着。这张照片,是总理生前留下的最让人动情的照片,人已消瘦憔悴,但庄重威严,目光炯炯有神。连邓大姐都说她最喜欢这张照片。

林大夫和周总理、邓大姐从医生跟病人的关系发展成为亲密的朋友,我觉得意义非比寻常。我们甚至可以说,林大夫认识新中国、认识中国共产党,就是从认识周总理和邓大姐开始的。林大夫常常跟我们说,1953年在怀仁堂,周总理接见科学家,大家都期盼地等待着,说下午3点开会,总理一分不差地到了!虽然只是守时的小事情,但让朴实的科学家们感动受教。后来总理在百忙中,还参加全国妇产科的学术会议,给大家做了语重心长的讲话。之后,林大夫和总理、邓大姐在一起谈话很多,从国家政策、政治到宗教信仰,从妇女疾病防治到中西医结合，甚至到皮肤的手术疤痕。无拘无束，推心置腹。林大夫说，她有一种感觉：跟周总理在一起，好似与兄长；跟毛主席在一起，好似与父亲。

总理当然是非常善于和各方面人士交朋友的，各民主党派、知识界、科技界、文艺界等，给大家以亲切温暖，不仅仅是尊贵威严。林大夫不仅从心底里尊敬、钦佩周总理和邓大姐，也从心底里听从他们的指教、嘱托。我想还包括在各种运动中他们对林大夫的诚恳帮助与悉心保护，包括十年"文革"中，也令林大夫感念不已。这也是林大夫在几十年的政治社会活动中跟党走，听党的话的基础与渊源。

后来，这张照片由林大夫题了字送给了我，我珍藏至今！林大夫亲笔题字，亲自赠送给别人，这大概是绝无仅有的。让我们永远铭记三位伟人，永远缅怀从西花厅的海棠到协和的白玉兰……

这张照片林大夫题了字,赠给了我

周总理接见林巧稚等科学家

与高士其先生会面

1980年8月20日，我们经历了一桩很有意义、很有意思的事：林巧稚大夫与高士其先生会面。

盛暑将过，两位著名科学家、两位令人崇敬的老人，在外交部街的小楼上见面了。他们是福建同乡，虽然都互相了解，却难得一见。这次是科普作协的封根泉先生，北京急救中心主任、危难医学专家李宗浩大夫和我一起安排的，是我们期望已久的一次会面。

高老行动不便，他的儿子高志其陪同。会见是在十分亲密、十分愉快的气氛中进行的。高老坐在轮椅上，他说话呜呜的，我们听不清楚。他跟林大夫基本上是靠手书来交流，有时要由志其给做"翻译"。

二位老人谈的内容很广泛，兴趣也很浓厚。他们谈到计划生育，谈到对于护士的尊重，等等，可见高老对各方面都很关心，都有很多高见。正像林大夫所说，他不是一个残疾人，他关心国家、社会和民众，他是一个通晓各方面知识的学者。

高士其先生比林大夫小四岁，他先考入清

华,又到美国留学,做微生物学研究,不幸感染病毒,全身瘫痪,很难说清话,勉强可以用手书写文字。后来,他回国在上海某实验室工作,又到延安。解放后在北京定居。

他与林大夫经历不尽相同,但他们都是一生追求真理,追求科学与拥护中国共产党的;他们不仅都是伟大的科学家,也都是忠实的爱国者、热诚的革命者。

高老的大半生处于严重的残疾状态,不能行走活动,上肢也不灵活,勉强手书,颤抖着。但他却创作了大量的科普作品、文学作品,他克服了难以想象的困苦。他的精神、意志和毅力让我们深受教育和感动!

两位老人都特别关心青少年的健康成长,可以说他们的多数讲演、多数作品是写给青少年的。他们是青少年的导师、朋友。

林大夫后来写了一篇记述高士其的文章,题目就是《童子之心不可无》。林大夫说高士其的童子之心就是热情无邪,活跃纯真。而且,在听他们两位谈话,感觉到先生们虽近耄耋之年,但思维敏捷,感情丰富。交谈虽然显得不够流畅,但互相都非常理解、非常会意、非常亲密,不时发出愉快的笑声,特别是高老的咯咯笑声,尤其令人难忘。

两位科学家说得最多的还是科学普及,虽然他们的专业不同,但他们都认为科学普及十分重要,要强调科普是桥梁,是纽带,是每个科学工作者不可忽视的责任。两位老人都表示出他们虽然年纪大了,身体也不方便了(当时林大夫也已经罹患脑血管疾病),但是他们都有一颗童心,一颗好奇心,那就是对知识和技术的渴望,他们从不满足、从不懈怠,永远探索,永远学习。甚至还说:时间催我们衰老,而科学使我们年轻,为国家、为社会、为人民群众尽力服务,使我们有力量去克服各种困难!

我们在旁边听老人讲话，深受教育。我们甚至有一种特别的感觉，他们真像一对纯真无邪的少年，心地如水般明澈，却无比博大深邃！

林巧稚与高士其会见

与菲利普斯结识

乔丹·菲利普斯（Jordan M. Phillips）是著名的妇产科医生，美国加州大学埃文分校医学院教授。他对妇科腹腔镜的推广做出了卓尔不凡的贡献，早在1971年他就创办了美国妇科腹腔镜医师协会（AAGL），并每一至两年举行一次盛大的会议。AAGL实际上是国际最大的医学学术团体和交流舞台。现在AAGL已举办了48届会议。1979年菲利普斯首次访问协和医院，并与林大夫友好会见交谈，赠送给了我们一台腹腔镜，协和得以开始了腹腔镜的应用。1980年5月，我在苏州召开的全国第二届妇产科学术会议上做了首次应用的报告，并于同年发表文章，成为中国妇科腹腔镜应用之肇始。

妇科腹腔镜技术的开展完全是在林大夫以及连大夫、吴大夫指导下进行的，那是真正的"单孔"，没有训练器（training box），我们就蒙上一块黑布，放点大头钉、绿豆、细绳等做夹持练习。当然只是一个管镜，也没有视屏。一年多，做了230例，全文发在《中华妇产科杂志》（1980.5：239.）。

林大夫看到了，非常高兴。并开始让我们

写书，我们也遵照完成，可惜她没有看到书的出版。

菲利普斯的第一部妇科腹腔镜著作被引入中国，我们的《妇产科内窥镜及其应用》一书也于1989年由科学出版社出版。菲利普斯欣然作序，序言中写道："中国医生选择适应症慎重，操作熟练并重视术后随诊，因此其安全纪录已超过美国、欧洲和其他一些地区的平均水平。"

在菲利普斯的支持下，我于1992年参加了在威廉斯堡召开的AAGL会议，他与夫人玛丽（Mary）亲自驾车从华盛顿前往威廉斯堡。在会上我报告了中国的经验，当时只有一个中国代表。可是近四年的AAGL会议，有数十名中国医生参会，并开辟了"中国专场"。中国的妇科腹腔镜技术已呈星火燎原之势，在这个国际会议上，已从最初的听者到讲者到主持者；在队伍上，已从跟跑者到参与者到领跑者。坦诚地讲，这其中有乔丹·菲利普斯的贡献，有林大夫的功劳！

菲利普斯专门请了一位美国画师为林大夫画了一幅油画，供放在学系，我们每天都可以看到她。

菲利普斯也于几年前过世，我们由衷地怀念他！他可是来过中国八十余次，促进了中美医学交流，虽然他只会说两句中国话：Wei—Sheng—Bu（卫生部），Xie—He（协和）。

协和的守望

菲利普斯请美国画师画的林大夫的油画

与菲利普斯交换书籍。
右起：陆召麟（时任协和院长）、何萃华、连利娟、菲利普斯、吴葆桢、郎景和

"万婴之母"林巧稚

1993年,郎景和与菲利普斯教授

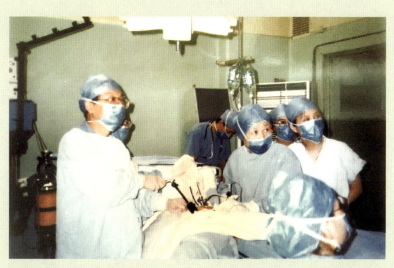

20世纪90年代,腹腔镜手术伊始,腹腔镜子宫切除手术(LAVH)必须由黄荣丽、郎景和两位教授同时上台施行。现今,主治大夫们都可以做了

悼念林大夫的诗、词与挽联

林大夫于 1983 年 4 月 22 日病逝,巨星陨落,举国哀恸。

何以解忧,难释沉痛!

这里有诗、有词、有挽联。

庄严的追悼会,长幅挽联是:

创妇产事业,拓道、奠基,宏图奋斗,奉献七窍丹心,春蚕丝吐尽,静悄悄长眠去;

谋母儿健康,救死、扶伤,党业民生,笑染千万白发,蜡炬泪成灰,光熠熠照人间。

中国医学科学院副院长沈其震作词一首:

渔家傲

五十年前推器宇,何期今日已成古。剩勇忍教人自贾。天无语,不堪又折此肱股。

食指浩繁都目睹,是谁曾悔儿女多。姹紫嫣红花似舞。休轻估,长空独少英雄树。

林大夫的同班同学、著名热带病和寄生虫病专家钟惠澜教授作诗：

> 同窗六十如一天，王府桃源隔人间。
> 八年基础临床课，敬佩木兰素领先。

每每读起，总有沉沉的哀思，眷眷的情意，深深的怀念！

协和的守望

1980年，北京协和医院为80高龄的妇产科专家林巧稚（左三）祝寿。顾德华/摄

让我来解读一下这张老照片：

前排坐者，右起：协和医院党委书记王辅民（后担任大连医学院、遵义医学院领导），医院院长欧阳启旭（老红军、军医、院长），林大夫，林大夫侄女，协和妇儿科党总支书记诸葛淳。

后排立者，自右至左：王元萼，郭肇恒（后去中日友好医院），孙宝淑（技术员），黄荣丽，黄人健（妇产科护士、护士长、护理部主任、副院长，已故），何翠华，白琴（医院副院长），李逸华（产科护士长，非常严厉！），吴坚（门诊护士长，很厉害，原名吴丽丽，"文革"时改为坚强之"坚"）。

朗诵者是位技术员，念的是我的诗：从鼓浪屿日光岩的小路……我并没有在照片中，显然在做"导演"。

116

中国现代妇产科学的开拓者
——记林巧稚教授

  1983年4月22日12时47分，82岁的著名妇产科学专家林巧稚教授，在"不停地迎接新生命"中与世长辞了！

  逝世前两天的夜里，她睡梦中还忽然喊道："产钳！产钳！"自从卧病床榻以来，她已多次这样呼唤着。守护在她身边的医务人员知道林大夫又在梦中"接生"，便连忙把一个硬物件放在她的手中，然后俯在耳边轻轻哄她说："大人孩子都平安，您放心地睡吧！"于是，病房里安静下来，林巧稚又安详地入睡了。

  自1981年春天以来，林巧稚因患高血压、动脉硬化、脑血栓等病症，上肢瘫痪，行动不便，而后卧床不起。这几个月，她时而清醒，时而昏迷。梦幻中，甚至到了弥留之际，她想的还是接生。有一天早晨，一位护理人员给她洗手，笑着问她说："老主任，您这双手真好，接了多少生啊？"

  "千千万万！"鬓发如银的林巧稚躺在病榻上自豪地说。

  林巧稚作为中国现代妇产科学的开拓者，在绿色琉璃瓦覆盖的协和医院（当时叫首都医院）里，度过了六十多个春秋。在这漫长的岁月里，她用自己的双手把一个个新生命迎接人间，耳边几乎天天都回响着母亲幸福的呻吟和婴儿哇哇落地的快乐哭叫声组成的生命交响乐。

她就在这生命的交响乐声中度过了光辉的一生！

妇产科第一位中国籍女主任

1920年一个夏日的早晨，19岁的林巧稚坐在鼓浪屿女子师范学院的教室里正专心致志地编织手工，站在一旁已经看了很久的老师猛然赞叹说："手很灵巧呀，当个大夫倒挺合适。"

这句话指出了林巧稚将要走的人生之路。第二年夏天，她便和一位女同学结伴离开家乡鼓浪屿到上海报考了协和医学堂。考试那天，那位女同学突然晕倒了，林巧稚赶忙丢下未答完的考卷跑去照料。按常理，这次考试是不及格的，因为她没有答完考卷。可是，在场的主考老师却破格录取了她。这位老师从那张未答完的试卷上已有的成绩，和她在别人遇到危难时所表现的忘我牺牲精神判断：在这位瘦小的年轻姑娘身上，有着一个良医所必备的宝贵品德。

1929年林巧稚以全班第一名的成绩在协和医学堂毕业。当实习医生期间，她目睹了妇女分娩时的痛苦和一个个小生命诞生时人们的喜悦情景，深深地被妇产科专业吸引住了。

"当妇产科医生是要做手术的，女的还想学开刀？"听了这些鄙视妇女的议论，她暗自思忖："我非要学成不可！"然而，尽管她学习勤奋、成绩优异，旧社会那种"妇女不能执刀"的陈腐观念仍在时时作祟。当她在维也纳考察时，忽然接到院方一封电报，要她立即回国改学公共卫生。她断然拒绝了这个要求，坚持到考察完毕，回国后仍然从事妇产科的工作。

年复一年，林巧稚以产房为家，把全部心血都倾注在照料孕产妇和婴儿的劳动中。她常说："不理解病人，不同情妇女，就算不上一个好的妇产科大夫。"她是这样想的，也是这样做的。可是，她没有料到竟遭到了当时协和医院美国同行的非议。一天她正在照料一个临产的妇女，一会儿给产妇擦汗，一会儿喂水，那个妇女紧紧地攥着她的手，强忍着产前的阵痛。正在这时，妇产科主任惠狄克走来，嘲讽说："密斯林，难道你认为，给病人拉拉手、擦擦汗就可以当教授吗？"

林巧稚不理会这种嘲讽。她坚持对母亲和婴儿要体贴入微，同时对技术精益求精。不久，她便接替了那位主任的职务，成为协和医院妇产科有史以来第一位中国籍女主任。

太平洋战争爆发后，协和医院关闭了。她失去了固定的工作，为了谋生，便一面挂牌看病，一面到中和医院行医，还到北大任教。这段时间，她接触到了下层劳苦群众。有一次，她走进一家低矮、潮湿的小屋给一位难产妇女接生，一直守护到天亮才把孩子平安地接下来。当时，她又冷又饿，但她看见这户人家一贫如洗，走时不仅没有收出诊费，还留下了一些钱关照给产妇增加营养。在旧中国，林巧稚曾不止一次地扶危济困。但是，在那个国难当头、民不聊生的年月，无数人民过着悲惨的生活，她一个弱女子又能解救多少呢！

"我和我的事业将与祖国共存！"

"她在国民党时期的中国开始了优异的医学事业，而在中华人民共和国时期达到了顶峰。现在在中国，她被看作是一个医生女英雄。"美国医师约翰·斯·鲍尔士在《西方医学在中国宫殿——北京协和医学院》一书中，曾经这样评价过林巧稚。

北京解放前夕，协和医院这座绿瓦青砖的宫殿骚动起来了。一些对共产党持敌视和怀疑态度的人纷纷离开，一位朋友给林巧稚送来一张用金条换来的飞机票，劝她离开中国大陆到她愿意去的世界任何地方。并说道，凭着高明的医术和社会声望，无论走到哪里，金钱和地位都唾手可得。"不，我不走！"她坚决地摇了摇头说。

"我是个中国人，离开自己的祖国，到哪儿也不好过。国家境况好，我们就跟着她过好日子；国家境况坏，我们就跟着她过苦日子。"说到这里，她的眼睛湿润了。最后，她庄严地说："我和我的事业将与祖国共存！"

林巧稚留下来了……

1952年初夏的一天，周恩来总理发请柬，邀请林巧稚等一些科学家到中南海怀仁堂开会。会议预定在下午3时举行。她走进会场，刚刚坐定，就听见了周总理宣布开会的洪亮声音，听了周总理的一席话，她十分敬佩。从此，她开始一步步了解了共产党。

"三反""五反"运动中，她从报纸上看到党处决了蜕化变质分子刘青山和张子善。她兴奋地对人说："历史上没有一个统治集团在掌握政权以后能够正视自己的缺点。我信服共产党了！中国有希望了！"

党和人民在关注着林巧稚的每一点进步。每届全国人民代表大会她都被选为人大代表，从第三届起又当选为常务委员，还担任了全国妇联副主席。建国初期，中国革命的历史潮流汹涌澎湃，年已半百的林巧稚不知不觉也被卷了进来。她怀着无比兴奋激动的心情在《打开协和窗户看祖国》一文中写道："协和的窗户打开了，竖起了毛泽东时代的五星红旗。我为祖国伟大的进步感到光荣和骄傲！"

从协和狭小的圈子走到广阔的革命和建设洪流中，林巧稚常说，周总理和邓大姐是她的引路人。"我们要像春蚕一样，把最后一根丝都吐出来贡献给国家！"周总理在接见中华医学会第一届妇产科学术会议代表时说过的这句话，长久地激励着她，鞭策着她。

在千万个母亲和孩子心中留下丰碑

林巧稚是一位临床经验极其丰富的妇产科专家。早年，她曾对"胎儿宫内呼吸"和"女性生殖道结核"等课题进行过研究。解放后，她积极贯彻"预防为主"的方针，负责组织了北京地区子宫颈癌的普查和防治。由她支持和指导、经宋鸿钊教授研究的"绒毛膜上皮癌和葡萄胎的诊断处理"这一课题，创立了大剂量化学治疗方案，达到世界领先水平。近年来，她主编了学术专著《妇科肿瘤》，以及《家庭卫生顾问》《家庭育儿百科全书》《农村妇幼卫生常识问答》等科普读物。

她非常注重临床实践，当她在国内外已经享有盛名之后，仍然不脱离临床第一线。她常说："我愿做一辈子值班医生。"直到晚年，始终没有丝毫的懈怠。她家里的一部电话，几十年来日日夜夜都在牵动着她的心。常常有这种情况：她拖着疲惫的双腿刚踏进家门，等候已久的朋友们正兴致勃勃地准备同她攀谈、聚会。电话铃响了，她抱歉地向客人们摆一下手，返身就走。在她看来，作为一个医生，既然病人把生命交给了你，你就要尽心尽力，负责到底。比起病人的生命来，你冷、你饿、你困、你累……都是微不足道的。

正是怀着这样的信念，她几十年如一日，总是下班最晚，离开医院前还要到病房里巡视一遍。

1980年的一天,一位华侨家属来到医院。她的家原来在唐山,地震夺去了她两个孩子的生命,后来两次怀孕又都流产。这次怀孕仍有流产先兆,急切地盼望林大夫能给她保住这个孩子。这时,林巧稚已经重病在身,可她依然抱病为这位孕妇做了检查,嘱托夜班医生处理。处理完已经很晚了,值班医生怕影响她休息,没有打电话向她汇报。第二天早晨她有些生气,责怪为什么不打电话告诉她检查结果。事后人们才知道为了等这个电话,她竟一夜没有睡觉。

在她诊治过的病人中,有党和国家领导人,也有普通的农妇和工人,她看起病来都一丝不苟,一视同仁。有一次。医院里收了一位从山东农村来的七十多岁的妇女,她的卵巢长了一个八十多斤的大肿瘤,林巧稚不仅亲自制定了手术方案,成功地给这位农村妇女切除了肿瘤,还亲自参加护理工作,给病人买了可口的食品,病人感动地拉着她,叫她"林大姐"。一位解放军战士的爱人患严重的妇科病,到许多医院都没有治好。后来,这位战士给林巧稚写了一封信,心想:"她是中外闻名的专家,我是一个普通当兵的,怕不行吧?"没想到几天后就收到了林大夫的回信,她在信中热情地询问了病情,后来又帮助这位战士的爱人住进医院做了手术。这件事情在村里传开后,乡亲们激动地说:"就凭林大夫三番五次地给咱庄户人家写信,也该给她请功。要是在旧社会,咱穷人到哪儿找到这么好的名医啊!"

林巧稚大夫一生独身,可她的影集里却镶着很多孩子的照片,她亲手迎接了五万多个小生命。许多年轻的父母感念她的救死扶伤精神,给自己的孩子起名叫"念林""敬林""仰林""依林"……。

林巧稚为千千万万个母亲和孩子献出了自己的一切。临终前她还在为母亲和孩子们操心。五届人大以后，她很关心中国妇产科研究所的筹建工作。一天，她请身边的护理人员把邓颖超同志的秘书请来，说："中国十亿人口，有四亿多是妇女，应该有一个研究所。"又说："我病了，不能到处走，希望你们一定帮助把这个研究所办起来。"

一代名医林巧稚溘然长逝了。几十年来，经她救治过的妇女和儿童遍布祖国四面八方。她虽然孑然一身，没有留下一个孩子。但是，她在千千万万个母亲和孩子的心目中却留下了难以磨灭的丰碑！

［此系林大夫逝世后的新华社通稿，并在全国24家报纸刊登。新华社特约记者叶维之（郎景和）与新华社记者顾迈南、冯瑛冰共同撰写］

协和的守望

慈祥的林大夫
光荣的林大夫

1983年，林巧稚逝世后，新华社通稿文章

林大夫和厦门鼓浪屿

厦门鼓浪屿是林大夫的故乡,一个美丽的小岛。

林大夫说她出生在鼓浪屿,是大海的女儿。她经常会念记、眷恋那蓝蓝的海、白白的浪,前面有零星的岛屿,有高高的灯塔……

鼓浪屿,人杰地灵,美丽静谧,充满文化,充满艺术,也充满了动人的故事。鼓浪屿环境优美,环保周全,这里没有车辆行驶,大家都徒步而行。据说邓颖超同志、邓小平同志去鼓浪屿都是不坐车的,也以举步为乐。我陪宋大夫去日光岩,也都是爬上去的。鼓浪屿的人均寿命比厦门市年长三岁,可见环保与运动多么重要!

鼓浪屿又被称为琴岛,你可以在鼓浪屿的各处听到优美的钢琴声,著名的钢琴家殷承忠的故乡就在这里。这里,也是文学家林语堂的故乡。至于厦门,那更是名人荟萃,自古以来都是大家问世的地方,像宋朝理学大师朱熹,当代科学家卢嘉锡、教育家陈嘉庚与马约翰……当然还有我们敬爱的林大夫。

林、陈是厦门人的大姓,我去过厦门几次,

见过他们的卫生局长，后来见面的时候，我就自然地说："陈局长，您好！"他好奇地问："你怎么记这么清楚？"当然，我不能说是猜的。

鼓浪屿的房屋建筑也很有特色，可以说是中西合璧、美轮美奂。林大夫的故居在一幢二层小楼上，虽然老旧，却整洁雅致，令人思味。我们去的时候，是林大夫的闺蜜白和懿老师在那儿管理着。白老师和善可亲，在北京见过，还算熟稔，交谈甚愉快。环顾雅室，不胜感慨，真想林大夫会从内间里走出来……

鼓浪屿岛边有郑成功的高大塑像，让我们想起那复杂而又令人振奋的历史故事。登上日光岩，可以遥望大海和大海的那一边，引起我们无限的遐想。

林巧稚纪念馆

到厦门，到鼓浪屿，一定要去毓园，看"林巧稚纪念馆"。

无论你是学医的，或者不是学医的；无论你是妇产科大夫，或者不是。都要去！

去瞻仰林大夫，去纪念林大夫，去学习林大夫。林大夫是厦门的骄傲和象征，也是医学界和妇产科学界的骄傲和象征。

1984年，为了纪念林巧稚这位鼓浪屿的优秀女儿，厦门市人民政府特地在她的故乡鼓浪屿创办了毓园和林巧稚纪念馆，并在园内立了她的汉白玉雕像。

纪念馆虽然不大，但内容很丰富。人们可以从中了解这位平凡而伟大的妇产科医生，辛苦劳累而又光耀世界的一生：有林大夫辛勤劳苦的出诊箱，有她妙手回春的医疗器械，有她认真负责书写的病历，有她呕心沥血完成的著作……参观者络绎不绝，沉思良久，不忍离去。

位于山坡上的毓园，幽静典雅，朴实无华。石铺的小路，引你漫步，去用心度量林大夫走过的寻常而别有风光的道路；山坡上、小路旁，有林大夫的语录石牌，让你驻足品读，仔细琢磨,无限思量。

我们连续几年在厦门召开全国妇产科学术年会,每次都要参观林巧稚纪念馆。我们科的几十位大夫一定要聚在一起在林大夫的雕像前合影留念,铭记这位伟大的先驱者。大家把这当作是开会不可或缺的重要内容,就是纪念林大夫、学习林大夫。永远不会忘记,永远继承她的遗志和精神!

纪念馆还设计出版了林大夫的一套纪念邮票,还有漂亮的书签、有趣的儿童画册,都是想让我们每个人念记着林大夫。

一枚书签上写着林大夫的语录:"我常常在梦中看到故乡的大海,那海面真辽阔,那海水真蓝、真美……"

那壮阔、美丽的大海,就和我们经常想起的林大夫一样。

协和的守望

林大夫的毕业照

厦门的纪念盛会

2001年12月23日是林巧稚大夫的百年诞辰。这天，我们在人民大会堂隆重举行纪念盛会。当天我们又赶往福建厦门，参加24日在厦门——林大夫的故乡举行的更加热烈的纪念活动。

这个活动是厦门市委、市政府组织的，在厦门市人民大会堂举行，有1300余人参加，隆重、热烈、虔诚，市领导都到了。值得一提的是，当时的党和国家领导人李鹏、李岚清等都有致信，时任福建省委书记宋德福、省长习近平致信强调"学习林巧稚大夫全心全意的服务精神"。这是又一次伟大的号召！

北京医学界与北京协和医院可以说派出了一个比较"庞大的代表团"，包括中华医学会常务副会长宗淑杰（她曾经是北京协和医院党委书记）、中国协和医科大学副校长、中国医学科学院副院长、协和医院常务副院长鲁重美，还有我们敬爱的葛秦生大夫、连利娟大夫、孙念怙大夫、林大夫的第一任政治协理员（党支部书记）刘士廉教授，以及我们科的主任们。

会上还有青少年的诗歌朗诵，让人感动不

已。我们体会到林大夫家乡人民对先辈和模范代表的尊崇，也表达了全国人民，特别是妇女同胞、妇产科医生，对林大夫这位中国妇产科学的开拓者、中国巾帼英雄的无限敬仰与缅怀之情。这个会议的主题就是"记忆流金岁月，缅怀巾帼风范"。

这以后，我们经常会选择厦门作为全国妇产科年会及妇产科活动的重要地点，因为在这里，我们能够更亲切地体会林大夫留给我们的精神。让我们永远记住她，永远学习她，永远继承她的精神！

对林大夫的最好纪念

2020年4月22日是林大夫逝世37周年忌日。2021年，恰值林大夫120周年诞辰。

林大夫是伟大的医学家，她的名字家喻户晓，她的事迹有口皆碑。

虽然时光荏苒，却岁月如歌，人们不会忘记这位辛勤的老人，尽管绝大多数人都没有见过她，但她是人们心中的不朽丰碑！

林大夫追悼会由邓颖超同志主持，时任卫生部副部长王伟致悼词，总理李鹏等党和国家领导人敬献了花圈和挽联，与会者3000余人。

在林大夫的家乡，厦门鼓浪屿毓园建立了林巧稚纪念馆，门前有汉白玉雕刻的林大夫塑像，参观拜谒者络绎不绝。

林巧稚逝世七年后，1990年邮电部发行了林巧稚纪念邮票。这是首次五组科学家邮票中的一枚，其中医学家只有林巧稚和张孝骞。

美国著名妇科医生菲利普斯专门请人为林大夫画了一幅油画，现在还挂在我们协和妇产科学系的墙上。另一幅我看到的林大夫的画像，挂在中国科技会堂。

林大夫的照片当然很多，都是令人怀念的珍贵历史记忆。

2001年12月23日在人民大会堂召开纪念林巧稚100周年诞辰大会，庄严隆重，会上卫生部命名北京协和医院妇产科为"林巧稚妇产科研究中心"。当日，我们又赶去厦门，参加次日省市召开的纪念大会，更为盛大热烈，并有怀念林大夫的文艺表演。

最值得称道的还是协和妇产科每年的纪念活动，几十年从未间断，有老一辈对林大夫的缅怀，有林大夫医学思想的讨论，有科室工作进展和规划，有青年医师论文报告……丰富多彩，催人奋进。

我们共同的感受是：林大夫就在我们身旁，林大夫的精神永远指引着我们，激励着我们。我们在林大夫的旗帜下前进！

林巧稚纪念邮票

在人民大会堂纪念人民医学家林巧稚大夫100周年诞辰大会上讲话（2001年）

学习林大夫伟大的医学思想

我们每年都要开会纪念林巧稚大夫。也许，现今大多数医生并没有见过林大夫，但大家都会感受到她的存在。这使我想起一位城市市长的墓碑上写道，"如果你想寻找他的纪念碑，就请看看你的周围"。林大夫永远在我们周围，林大夫永远在我们心中。

无论是白发苍苍的前辈，还是风华正茂的中青年，大家都在谈论林巧稚——她是协和的象征，她是协和的光荣！

的确，人们始终在怀念这位卓越的医学家。半个世纪以来，林巧稚的名字家喻户晓，她的事迹有口皆碑。一个医生享有这样的尊崇和殊荣是颇为少见的，诚然，她当之无愧。

我们都清楚地记得：林巧稚是1921年进入协和医学殿堂的，她的从医活动恰与协和医院同龄。1990年10月，邮电部发行了林大夫的纪念邮票，2001年12月23日人民大会堂隆重举行大会，纪念林巧稚大夫100周年诞辰，国家卫生部将北京协和医院妇产科命名为"林巧稚妇产科研究中心"，林大夫的事业不断延续发展。

我们永远纪念林大夫，永远学习林大夫伟

大的医学思想。

追求真理　魂系中华

　　林巧稚大夫是位旧知识分子，青少年时代受基督教的影响很深，她曾以"仁慈博爱""乐善好施"为信条，"不为良相，当为良医"为志愿。

　　林大夫的信奉也许并不为错，但是在黑暗与苦难、战争与动乱的年代，一个医生之所为实在微不足道，她所施行的仁术也被限制在一个狭小的范围里。

　　在一场划时代的变革中，林大夫看到了祖国和事业的希望，以满腔的热忱和勤奋的劳动投入到国家的建设。1955年，她成为中国科学院第一批，也是唯一的女学部委员；1959年，她被任命为中国医学科学院副院长、北京妇产医院院长；她还是全国人大代表、人大常委、全国妇联副主席。

　　她能为国家参政议事，为制定婚姻法、妇女劳动保护法规等筹划陈言，能组织大规模的防治宫颈癌普查。理想变成了现实，弱者变成了强者。一个女医生所追求的真理、所走过的道路告诉人们，只有把自己的志愿与国家、民族的命运结合在一起，才有出路。林大夫说得好：个人奋斗的力量是渺小的，党、祖国和人民才是巨大力量的源泉。

　　林巧稚大夫较早接受西方影响，考入协和后，可以说受的是美式教育，1929年毕业拿的是纽约州立大学的文凭。1932年林大夫到英国伦敦和曼彻斯特进修，1933年去奥地利维也纳，1939年去美国芝加哥大学医学院学习。但她多次辞退居留海外的重金约聘，坚持回到祖国母亲的怀抱。1949年，又有人送来了飞往美国的机票，她莞尔一笑谢绝了。她的思想也许很质朴，只是想为自己的姐妹同胞效力，为祖国与民族尽责。她曾这样深情的回答："这大概是我的一种责任感，一种难以割舍的眷恋……"

而当她代表中国出访的时候，那种自豪与骄傲却是从未有过的。1953年林大夫赴维也纳参加世界卫生大会，访问苏联、捷克斯洛伐克。1972年出访美国、加拿大。1978年访问西欧四国。"从前，我搭乘邮船，一叶孤舟漂洋过海，不胜凄凉；而今，前面有五星红旗引路，后面有亿万人民相依……"这是当时她激动的心声。

从1973年到1977年，林大夫被世界卫生组织研究顾问委员会（这是世界范围的最高级卫生顾问团）聘为顾问，出席此间一年一度的会议。她坚持医学发展和援助的正确方向，维护国家与民族的尊严和利益，表明了她伟大的爱国主义精神。她的教育背景很"洋化"，能说流利的英语，保留某些西式习惯；她的衣着很"中式"，始终留发髻，着旗袍，穿布鞋。在外国人眼里，她是一位彬彬有礼，却又令人敬畏的中国老太太……

预防为主　实践第一

林巧稚大夫的医学思想是很值得研究和学习的，其哲学内涵已不仅仅在于医学本身。

林大夫非常重视预防。她常说，妇产科，特别是产科的根本是预防，是医疗保健。"妊娠不是病，妊娠要防病"是她的一句名言，是她对妊娠保健的深刻见解，也是近年来发展较快的围产保健医学的认识基础。

70年代，有一度产前初诊（即孕妇的第一次全面检查）拖到妊娠七个月才开始，有的地方产前定期检查做得也不好，林大夫得知后，非常生气。她认为，让一个孕妇有了问题才来找医生，这是产科医生的耻辱！她告诫我们，一个只会处理难产，而不会去预防难产的产科医生，其责任已经丢掉了一大半。所以，她强调产前检查应该提前，最好从妊娠一开始便接受保护，定期检查，严密监护，确保母婴安全。

普及医学科学知识是贯彻预防为主方针的重要组成部分，林大夫十分重视科普工作。她著文、演讲、接见妇女和青少年，到门诊、病房做面对面的宣传。1965年，她参加中国医学科学院赴湖南医疗队，在湘阴县巡回医疗四个月。根据农村基层的实际情况，她编写了《农村妇幼卫生常识问答》——一个最高权威专家亲手编写最通俗的科普读物，用心何其良苦！以后，她又主编了《家庭卫生顾问》《家庭育儿百科全书》，都是深受广大人民群众喜爱的畅销书。无论林大夫走到哪里，都会有人认出这位满头白发、慈祥可亲的老人，向她咨询问题，她都会耐心地回答和解释。每天都会收到不少来信，她都认真阅读，认真回复，她与姐妹同胞心心相通。

林巧稚大夫强调的另一个观念是实践第一，这对于有着显著应用科学特点的临床医学尤为重要。她认为，一个临床医生绝不要离开病人。要临床，不要离床，离床医生不是好医生！林大夫经常说，医生的对象是活生生的人，他们有思想、感情、意愿、要求，有家庭与社会等各种因素的影响。看病不是修理机器，医生不能做纯技术专家，不要只凭数字报告下诊断开处方，要到病人床边做面对面的工作，悉心观察、关心照顾病人。这是何等重要的真知灼见和医生的行为准则，在今天，更是熠熠闪光。

一生辛劳　无私奉献

也许很少有人像林巧稚大夫这样辛苦：她勤勤恳恳地工作了几十年，直到八十高龄，在病中、在梦中，还在想着接生，想着妇女和儿童……

她没有结婚成家，医院和病房就是她的家。她的办公室就在产房对面，产妇的一声不寻常呻吟，她便会敏感地听出来。外出开会回来，她首先去看的是病人。她还有个家，在东单的一个小楼上，但与其说这是家，毋宁说是她暂时逗留歇息的地方。就是在这个家里，一部电话还是始终连着妇产科，几十年它一直牵动着林大夫的心。我们都知道林大夫的脾气，她喜欢别人跟她商讨问题，厌烦自以为是。电话打过去，她从不厌烦，从不敷衍，总是仔细询问，给予具体指教，有时觉得情况不够清楚，便撂下电话，赶到医院来，无论盛暑严冬、刮风下雨或是深更半夜。她还喜欢你把处理的结果告诉她，否则她会一夜睡不好。

我们都会有值班或者休息，可是林大夫却是"一辈子的值班医生"。

这就是我们的林大夫！人们信赖她，崇敬她，因为她有丰富的经验、高超的技术，还因为她对病人无限的关切和爱护。当实习大夫的时候，她就愿意为产妇擦擦汗、拉拉手，这是一种不可低估的力量；个人开业时，她将钱偷偷放在贫苦产妇的枕下；成为著名专家后，她还是愿意摸摸病人的头，掖掖病人的被角……她的一启齿、一举手、一投足都体现了对病人的深切的爱，这种理解和同情就是出于一颗神奇的心，是一颗真正母亲的心！

林大夫的塑像坐落在我们协和门前，慈爱、沉静，面对每一位走过的人。人们会驻足伫立，敬仰、缅怀这位平凡而伟大的人。

她的一幅油画悬挂在我们的教室里——她永远是我们的导师。

林大夫去世以后，遵照她的遗嘱：一部分资金给了幼儿园的孩子，一部分留作奖掖有作为的青年医生的基金。她的遗体供医学解剖，骨灰撒向大海。一个完全无私的人！

我们和许许多多被她教育、被她救治、被她感动的人们一样，永远谨记她留给我们的最好礼物：对知识和技术的渴望，对真理的追求和理解，对人的善良、同情和关爱，以及用毕生力量改善人与社会健康的智慧。

她留给我们的是伟大的精神。妇女的保护神——永远激励着我们，永远保护着我们……

协和的守望

晚年的林大夫

142

"万婴之母"林巧稚

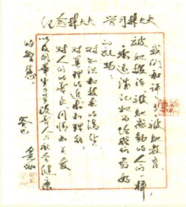

纪念林大夫,学习林大夫

林大夫的名言金句

林大夫平时话并不多,但仔细品起来,可以悟出很多睿智哲理、真知灼见。

这里整理出来一些林大夫所说的话、所写的文,都是我们直接听见、看到的,而不是道听途说,也不是从一些"文学"和"传记"里面抄录的。我把这些名言金句分成三个部分:祖国与人民,医生与病人,妇产科医生。

祖国与人民

我出生在厦门鼓浪屿,我是大海的女儿。

男同学能得100分,我要得110分。(念书时)

这大概是我的一种责任感,一种难以割舍的眷恋。

从前,我搭乘邮船,一叶孤舟漂洋过海,不胜凄凉;而今,前面有五星红旗引路,后面有亿万人民相依。

个人奋斗的力量是渺小的,党、祖国和人民才是巨大力量的源泉。

我是中国人,离开自己的祖国,到哪儿也不好过。

国家境况好，我们就跟着过好日子；国家境况坏，我们就跟着过苦日子。

我和我的事业将与祖国共存！

打开协和窗户看祖国，我们为祖国伟大的进步感到光荣和骄傲！

周总理让我们"要像蚕一样抽丝不断"。我们一定要做到"春蚕到死丝方尽"。

跟周总理在一起，好似与兄长；跟毛主席在一起，好似与父亲。

如果，有人问我："春天在哪里？"我就说："春天就在台下边！"

医生与病人

我是一辈子的值班医生。

作为一个医生，既然病人把生命交给了你，你就要尽心尽力，负责到底。比起病人的生命来，你冷、你饿、你困、你累……都微不足道。

看病不是修理机器，医生不能做纯技术专家。

如果我不知道病人的情况和变化，就会一夜不能入睡。

关系到病人的，哪怕再小，也都是大事，病人永远最重要！

一切都要全面考虑，要从病人的角度考虑，不能仅仅是医疗原则。

有时你以为把病治好了，可是病人并不开心，她的烦恼并没有解决，或者又增添了新的烦恼。

先进的科学技术和设备，可能成为医生和病人之间的隔阂和障碍。

临床医生,不能脱离临床。离床医生,不是好医生。

我们也许不能完全了解一个病人,但大致可以知道他是不是一个好病人。

妇产科医生

我喜欢的称呼就是:林大夫。

不理解病人,不同情妇女,就算不上一个好的妇产科大夫。

妊娠不是病,妊娠要防病。

如果等到孕产妇有了问题才找你,产科医生的职责,已经丢掉了一大半。

晚婚晚育,不是越晚越好。

结婚年龄必须有一个法律的时间点,而生育年龄不是一个时间点。适宜的生育年龄是一个时间段。

科学普及是科学家的责任,也是医生的责任,并非医生的分外之事。

科普是医生的正业,是医生工作的一部分。

鄙薄科普是错误的,不做科普是有缺憾的。

我只是为你们垫垫肩,铺铺路。

中国十亿人口,有四亿多是妇女,应该有一个研究所。我病了,不能到处走,希望你们一定帮助把这个研究所办起来。

"万婴之母" 林巧稚

伟大的母爱

协和守望者

听大师们讲课

大学里，有很多受尊崇的师长们授课；工作后，有很多妇产科前辈们讲演。现在记得的、印象深的，似乎不在于讲的内容好不好（学生又怎么评价老师讲的内容呢？），而在于讲者的个性、特点或者风采。

回忆大师们的讲演风采是很有趣的。

鲍铿清教授是著名的组织胚胎学专家，他的科学家秉性卓尔不群。20世纪60年代，据说某国一位学者发现了针刺穴位的组织学结构，名曰××小体，并连接成经络。鲍教授认为他讲的无法重复，不能验证，是伪科学，这在当时是要有点勇气的。后来证明那不过是一场政治闹剧。

鲍教授讲课基本上（或根本上）是念他的稿子，非常认真地念，包括"重起一行""逗号"之类，都照念不漏。于是，我们上课就是记录。我的同桌每每打瞌睡，本子上便拉成了曲线，同学们戏称为"睡波"。一下课，便又精神起来，赶忙抄笔记；再上课，再绘"睡波"。鲍教授依然故我，继续一字一句板正地念他的稿子。记得他的眼镜可以翻转，一会儿翻下来

（老花镜）看讲义，一会儿翻上去（平镜）看同学……从不敷衍。

王根本老师（当时是解剖学讲师，后来当然是大教授了）讲课极为娴熟、练达，可以说倒背如流。更有绝招的是，他背靠解剖挂图，可以用教鞭准确地指点什么骨头、什么肌肉，再加上他浓重的口音，使讲课变得生动有趣。解剖本来很枯燥，可是到现在，我都喜欢解剖，看图谱，背记血管、神经、淋巴，好像锻炼记忆，乐此不疲。当然，对于外科大夫，这是必备的基本功。

阴毓璋是妇产科教授，以严谨、严肃、严厉闻名，令师生畏惧。据说，他37岁便在美国得到了内科、外科、妇科、儿科四大教授的头衔，怪不得那么"牛"！他早晨在手术室走一遭，连外科手术也能指点。他还研究过克山病。他做手术得意之时，要哼一曲洋歌，当时我们听不懂，而且拉钩唯恐不及，哪敢分心欣赏歌曲。解剖盆腔血管时，他会不时地发问，令人胆寒。有一次"倒霉"竟落到了院长身上：那天，院长到手术室"视察"，站在我们后面看阴教授做手术。阴教授指着一根血管问："后面的，这是什么血管？"院长非外科大夫也，怎能回答，默不作声。阴教授喝道："连这根血管都不知道，还看什么手术？你出去吧！"院长居然一声不吭，乖乖地退出去了……

而阴教授对病人可是非常关心，对工作可是非常认真。记得那时开始用双氢克尿噻利尿治疗妊高征（当时叫妊娠中毒症），阴教授一整夜坐在病人床边，观察病人，计量尿液。

阴教授的讲课可谓"空前绝后"，那不是讲课，是教诲，是教训。讲"骨质软化症"，板书由当时任助教的岳杰老师用粉笔写好，教授手拿教鞭，熟练地绕着圈儿。本来就不大的眼睛眯缝着，不知道目视何方。一开始便提问："为什么北方孕妇容易患骨质软化症？"从前头一排点起。一般的回答，都是北方冬天日照时间短，少户外接受日光的活动，蔬菜缺乏又单调，钙质摄入也不足……好像教科书上写的基本也讲出来了。可是阶梯教室近二百人已经被提问一半了，教授仍不满意（现今，我已经是妇产科教授了，似乎还不清楚阴教授所要求的答案是什么！）。他讲课前，还问过"巴斯德消毒法"，问过"分娩因素"，甚至问"白细胞分类"……好像都不是特别"了不起的问题"，但也从来没有人答对过。同学们害怕他提问，上课不敢坐在前排，可这也逃脱不了教授的目光——他眯缝着眼睛，略微抬一下头，用教鞭向后方一点，像乐队指挥将指挥棒向上一挑，大声叫道："请最后一排，最右边那位戴眼镜的同学回答……"，接着又是教室后半部分同学都相继站起来了……据说"文革"期间，阴教授受了不少苦。阴教授的学问太深了，个性太强了。

  我1964年到协和以后，林大夫已经不太讲课了，但林大夫查房却是很有意思的。对林大夫查房，从上到下都非常重视，我们要把病例摘要，包括各项化验结果都背得滚瓜烂熟，特别是要准备林大夫可能提的问题，要查阅文献。高年大夫更要能引经据典，表明自己的"高深"。然而，林大夫可不是那么循规蹈矩、按部就班地提问题、讲问题的人。她看见窗户新涂了绿漆，便提问：颜色对病人的心理有什么影响。她在待产室直接用耳朵贴在孕妇肚皮上听胎动、胎心，旁边大夫送上胎心听诊器，她便问：这种听诊器是谁发明的？最能让林大夫查房高兴的是陪伴她的高级医师必须有如下两个本领：第一，因为林大夫英语太好了，查房时会经常不由自主地说出一些英语来，你必须能准确地、简要地帮助老人家解释一下；第二，林大夫有时会找不出一个合适的汉语词来表述自己的意思，而她又要求非常准确地找出这个词，你必须善于捕捉林大夫的思想脉络和表达方式。

后来，我经常陪林大夫接待来访者，或拟文发表，或拟讲演稿。通常是和记者商定提纲，然后和林大夫交谈，再将其谈话整理出来，有序有段。还得让林大夫看得满意，说得上口。林大夫有深刻的思想、睿智的见地，我们会从她朴实无华的言语中领会到一位伟大医学家的清澈见底的胸怀、宽广无涯的仁爱。

还是北京协和医院妇产科已故副主任王文彬教授讲得好：林大夫从美国芝加哥回来，在10楼223室（一个老协和聚会的阶梯教室）讲演，她用英文演说近两小时，却唯独没有一个"我"字。何止是讲演，她的82年如此壮丽的生命历程中，也是只有妇女和儿童，唯独没有她自己。

宋鸿钊大夫可是讲课的能手。特点有三：一是熟练流畅；二是记忆非凡，数字概率皆如数家珍；三是朴实无华，他讲课只需一支粉笔，如同说书者手中的一把扇子。那时，倒也没有如今的电脑多媒体投影之类，从头至尾都是板书。宋大夫或端坐或站立，一杯茶，一支粉笔，一面黑板，但讲起来十分动人、酣畅。如讲绒癌脑转移早期征象，患者拿筷子竟然掉落、下地突然不稳，都会做些逼真的模仿，惟妙惟肖，足见其观察之细腻。我常陪同先生为进修生讲课或外出讲课，发现宋大夫一口气讲下来，不看稿，不停歇，而且材料全面、准确无误，让人铭记于心，我居然也可以"依葫芦画瓢"重复一番了。

宋大夫为了推广其滋养细胞肿瘤的诊治规范，走遍大江南北，全国的主要省市几乎都去过，孜孜不倦地宣讲，通常还要在讲演后耐心地回答提问者的问题，还要到病房去不厌其烦地指导。让人体会到圣人所云的"学而不厌、诲人不倦"，真大学问家也！

江森教授（我们愿称之为江公）是山东大学医学院的教授，我没有直接聆听过他的授课，但在各种学术会议上，他的讲演颇富特色。江公学贯中西，融汇古今，有深厚的中国文字之底蕴，所以常常咬文嚼字，用词十分缜密。如我们以前讲剖腹产习以为常，而江公首先提出"剖腹产"一词不妥，应改为"剖宫产"。后来，他成为医学名词审定委员会委员，此乃非他莫属。有本杂志叫《妇产科进展》，江公以为"科"如何进展，应是"妇产科学"之进展。他亦常在文中注释英文，也是字斟句酌，不知道他何以有那么多词！

江公并不吃老本，常有新知新意，一个剖宫产题目讲了又讲，居然也是屡讲屡新。几年前，在南京讲，给他的时间到了，主席摇铃示之，先生听力不及，没有会意，还以为是自己声音太小，于是说"好，我大点声"，我行我素地继续讲下去。工作人员找我，问我怎么办。我说让老先生讲吧。后来，又在威海讲，放投影的学生显然知道如何"控制"老师，但江公也会不高兴："怎么这样快！"但毕竟还是让人"牵着鼻子走"了。等到2004年在青岛开会，江公已届耄耋之年，但精神矍铄。他从剖宫产的历史讲到分类，进而适应症、并发症，头头是道，侃侃而谈。令人惊喜的是，他已完全适应"现代化"要求，和多媒体投影协调同步，时间也掌握得好。更令人惊诧的是，他拒绝人扶人搀，自己快行上下，中间还有几个跳步，让人捏一把汗。

江公老而弥坚，不乏幽默机智，偶有波谲云诡之举。他愿意看武侠小说，吴葆桢大夫在世时，他们经常互换书籍，互通有无。也许，从其中学了不少义气、侠气、乖气。听说他入冬时做了一个小手术，术前问学生，"风萧萧兮易水寒，壮士一去兮不复还！我能否复还？"当然一切顺利。晚上，却假装输液反应，"骗得"医生给他打针。然后，不无得意地跟护士说："你看我装得像不像，他们都没有看出来，哈！哈！"江公，真可爱矣！

协和守望者

1993年，全国现代妇产科进展研讨会与会人员合影。
前排左四苏应宽，左五宋鸿钊，左六江森

找位大夫一起查

找位大夫和自己检查病人，是我们协和的一个习惯，一个传统。

上级大夫或教师，带下级大夫或学生检查病人或示教，是习以为常的事，我在这里讲的是另一层意思。找位大夫一起查，是商量、是会诊，是认真、是负责，无论找的是下级、上级，或者同辈。

那时，我和连利娟大夫、吴葆桢大夫都是同一天出门诊，又都是在一个大的诊室里，经常会一道查些病人。我请他们一道查很正常，他们是老师，有经验，检查时的一举一动、一言一语都是"授业、传道、解惑"。我清楚而深刻地记得连大夫查病人的姿势，左右手的配合；吴大夫会告诉你，什么时候必须做三合诊，必须摸一下锁骨上淋巴结……我现在也一样，叮嘱年轻医师，哪怕是最基本的操作，也要规范、准确。

如若是反过来呢。连大夫或吴大夫有时会叫你："郎大夫，请你来查查这个病人。"（请注意，这里有个"请"字。）开始，有点不甚明白，受宠若惊。显然不是示教性质，而是让你再查查、商量一下。我记得林巧稚大夫、宋鸿钊大夫这些泰斗级大师都这样招呼过我们。后来，大家也都习惯且自然而然地接受了。

上级大夫、前辈老师"请"你一道查，商量问题，虚怀若谷、平等尊重、诚恳认真，你可以体会科学家的态度和优良作风的传承。

有一次，检查一个病人的盆腔内包块，B超扫描也有发现，可是我检查不满意，难定是否。我请一位主治大夫也查一下，他说查到了，在后方较高部位。后来，我给病人一点缓泻剂，几天后又重复检查，果然比较清楚地确认了肿物，施行了手术切除。

我在和吴葆桢大夫一道管病房时，曾开展"盆腔检查优胜赛"活动，即大夫们对病人施行检查，并登记与描述记录，再与手术相对照，月终总结，打分数排名次。不是为考核谁，而是激励全体医师，大家很有兴致，很有收获。我和吴大夫出资给优胜者发些小奖品，如钢笔、卡片盒、专业书等。

有些检查是要求两位或两位以上医生共同完成的，如子宫颈癌一直沿用的是临床分期，而不是手术病理结果回报后的"手术病理分期"，因为有些宫颈癌是不做手术而采用放化疗法，没有切除的组织病理标本。所以，宫颈癌的分期要求两位有经验的妇科肿瘤医师一道检查，商定后给予一个临床分期。这时，共同检查是一种程序和规定。

下级医师请上级医师共同检查，应该不会不好意思；上级医师请下级医师或同级医师共同检查，也不必不好意思。

多一个人检查总比少一个人检查好。

张孝骞大夫的"戒、慎、恐、惧"从医四字诀

这是一代医界宗师张孝骞大夫的警世名言,或可谓"从医四字诀"。

张老 1987 年 8 月 26 日仙逝,在八宝山举行公祭,有党和国家领导人到会追悼或送花圈挽联。一位医生获此厚重尊崇,乃为少见,但对张老应是贵在必得,因为他不仅是伟大的医者,也是旷世智者。

我当时是北京协和医院副院长,参与操办张老追悼会,写了大堂正面的挽联:

协和泰斗,湘雅轩辕。鞠躬尽瘁,为蚕作丝,待患如母,兢兢解疑难。戒慎恐惧座右铭,严谨诚爱为奉献。功德堪无量,丰碑驻人间。

战乱西迁,浩劫逢难。含辛茹苦,吐哺犹鹃,视学如子,谆谆无厌倦。惨淡实践出真知,血汗经验胜宏篇。桃李满天下,千秋有风范。

挽文缅怀了大师的生平历史和卓越贡献,

特别提到"戒、慎、恐、惧"是张老的座右铭,也应是所有医生的从医四字诀。

戒,为四字之首,应系戒律。出家入佛门有五条菩萨戒:不杀生,不偷窃,不邪淫,不妄语、不饮酒;学医入医道,也有五戒(似乎没人总结过,张老也未道明),我想可以是:不嫌弃病人、不脱离病人、不欺侮病人、不轻慢生命健康、不泄露病人私密。佛教有"只教一件事,就是苦和苦的消除",而医生的责任是"只做一件事,就是病和病的消除"。戒律的另一层意思是疾病诊治的规范、规矩或指南,是应严格遵守的,是为"以戒为师"。

慎,是谨慎,是"三严",即严肃、严格、严谨,乃是做医生的基本修养。张老的"慎"是引用《诗经》(小旻)的话:如临深渊,如履薄冰。其实,慎是从医最难做到的,仔细想来,凡事出了问题大多是从不谨慎起的,无论初学乍到,还是资深老到,都不可稍许懈怠疏忽,否则便会受复杂变幻的临床现实所惩罚。年轻医生主要缺少的是经验,浅尝辄止;而年老医生则主要失误于大意,或自以为是。

恐与**惧**,皆为畏与怕,略有程度之别,是一个医生做到一定"次第"时的一种感觉,所谓"医生越做越害怕,越来越胆小"是也。以前常鼓励说"初生牛犊不怕虎",是一种无知的盲目性,并不可取。我们更推崇"明知山有虎,偏向虎山行",勇气可嘉,还必须有充分准备,否则也战胜不了猛虎。

医生的恐惧在于**敬畏**:敬畏生命,生命属于每个人只有一次而已;敬畏病人,病人把生命交给医生,病人也是医生最好的老师;敬畏医学,医学是未知数最多的瀚海,医学是神圣、庄严的事业;敬畏自然,自然不是神灵、不是上帝,但自有其规律、有其法则,让我们敬、让我们畏,需我们去认识,需我们去遵从。

协和的守望

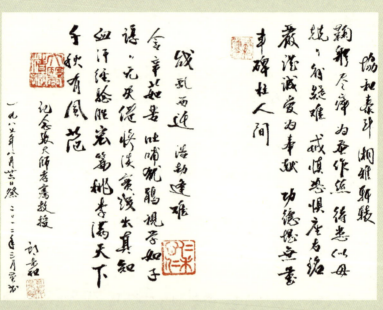

重书"为张孝骞大夫仙逝写的挽联"

协和守望者

1921年6月，张孝骞在湖南长沙湘雅医学专门学校毕业留影

中国内科学先驱——张孝骞大夫

医学临床研究的典范
——纪念宋鸿钊大夫

2010 年,《滋养细胞肿瘤的诊断和治疗》(人民卫生出版社,2004 年 3 月出版)更名为《宋鸿钊滋养细胞肿瘤学》(人民卫生出版社,2011 年 3 月出版)。这里记下了宋鸿钊院士的光辉名字,以及他和后来者的至功伟业!

通常讲的滋养细胞疾病或肿瘤,是指妊娠引起的滋养细胞异常生长,如众所周知的葡萄胎,以及各种妊娠(流产、早产、足月产,甚至宫外孕)之后的恶性病变,即绒毛膜癌(绒癌)。绒癌被称为"癌中之王",先前的死亡率高达 90%,经过宋大夫及其团队的研究,竟有 90% 得以治愈,可以根治,可以保留子宫,可以生育下一代……这一研究得到世界医学界的认可,被誉为建国以来最重大的医疗成果。不仅在妇科肿瘤,甚至在所有人类肿瘤中,第一个被攻克或根治的是滋养细胞肿瘤,所以有质疑之言:"绒癌治不好,治好的不是绒癌。"而事实却应验了另一句话:"这是上帝给人的第一个癌瘤,又是可以治好的第一个癌瘤。"滋养细胞肿瘤诊治的成功,砸断了扼杀人类生命锁链的重要一环。

在这其中,宋鸿钊大夫贡献卓著,是国际最

顶级的滋养细胞肿瘤专家和先驱。宋大夫关于滋养细胞肿瘤诊治的研究给我们重要的启示之一是：重视临床观察和临床总结。宋大夫观察细微，病人不经意拿不住筷子（脑转移之兆），各种妊娠及终止后的HCG（人绒毛膜促性腺激素）变化规律，化疗引起的白细胞及血小板消长曲线，5-Fu（5氟尿嘧啶）静脉灌注的滴数和时间，等等，让我至今领教受益的不仅是诊治技术本身，还有思维方法和科学精神。现今，科学技术有了飞速的发展，有力地推动了医疗诊治进步。但临床医生的实践和经验仍然是非常重要的，详细的病史询问，全面的物理学检查，认真的临床诊治观察，仍然是基本的、第一位的。"离床医生不是好医生！"正确认识和应用新的技术检查和实验结果，完善实验室与临床的转化，才能够真正提高临床与科研的水平和价值——正像宋大夫身体力行并谆谆教诲的那样。

这本书的出版也证实了对滋养细胞肿瘤的研究进步和人才培养及队伍建设的发展，无论从基础到临床，从北京协和医院妇产科到国内著名医院的专家，有各学科、各医院的良好合作，使这部巨著更全面、更深入、更有权威性。一批中青年学者应运而生，体现了宋大夫等人开创的事业后继有人、兴旺发达。因此，冠名著书又赋予了我们更神圣的责任——把学科发展好，把论著撰写好，把年轻人培养好。面对宋大夫及前辈，面对读者及后人，可以无悔，可以自豪。

每年春天3月，我们都会到西郊福田公墓凭吊宋大夫，寄托哀思、缅怀先贤、激励后辈。2010年，正值宋大夫逝世十周年，我们把新书送到宋老的墓碑前，无限感慨。江河东去，逝者如斯，事有后继，书有接续，我们该默然喜泣，不是唏嘘叹息……

（《宋鸿钊滋养细胞肿瘤学》之序，杨秀玉、向阳　主编）

1996年宋鸿钊大夫荣获英国皇家妇产科学院（RCOG）荣誉院士

与宋大夫在台北圆山大饭店开会（1997年）

2018年郎景和大夫荣获
英国皇家妇产科学院（RCOG）荣誉院士称号

又是一年春草绿，依然十里杏花红

又是一年春草绿，我们迎来了向阳教授主编的第四版《宋鸿钊滋养细胞肿瘤学》的出版，距初版的《滋养细胞肿瘤的诊断与治疗》（1981年）已有40年矣！继而2004年，此书二版。2011年三版时，易名《宋鸿钊滋养细胞学》。转眼又是十年了，岁月匆匆然，我们却未负韶华！此间，以向阳教授为首的团队团结一致，将滋养细胞肿瘤的基础与临床研究，又推向了一个新的台阶。除了继续实施、推广规范化之外，在遗传学、化疗耐药以及罕见的胎盘部位滋养细胞肿瘤和上皮样滋养细胞肿瘤的研究，都取得了新的成果，获得了多项科研奖项。这些出色的工作，强化了我国在国际学术界的地位和影响。向阳教授于2015年被选为国际滋养细胞肿瘤学会的执行主席，参与编写和修订FIGO的有关规范和指南。这是继宋鸿钊教授之后第二位中国学者肩此重任，获此殊荣！

可以认为北京协和医院妇产科关于滋养细胞肿瘤研究成果及本书的再版完成，不仅是学术传承，也是精神和作风的传承，是目标和队伍的传承。十年树木，百年树人。我们正式在开展这一工作中，建设了队伍；也正是有了几代人，特别是新生代力量，才能使这一工作可持续发展。于是，我们可以告慰宋鸿钊教授等各位先辈师长，我们也始终领悟和铭记他们给予我们的信任和力量。高远之势，在于巨人肩托之功；雷霆之力，赖于大地含蕴之能。先生们是巨人，先生们是大地。先生张山林枝叶，先生扬瀚海波澜——这就是我们的心仪，这就是我们的愿景。

依然十里杏花红，滋养细胞肿瘤学的研究历史就是一部厚厚的书，奉献给读者的这部书也是厚厚的。合上可贵的旧书一页，翻开可喜的新的一页，我们都会为之怦然心动。我坚信，再过十年，我们依然可以再奉献她的下一版，因为，我们有人、有工作——又是一个新时代、新目标、新作为！

（《宋鸿钊滋养细胞肿瘤学》第四版序言——2020年庚子春节）

内分泌学是妇产科学的内科学基础
—— 向葛秦生大夫学习

　　这里要记述的是北京协和医院妇产科前辈中，除林巧稚、宋鸿钊大夫之外，第三位大师葛秦生教授，我们习惯称她为葛大夫，今年102岁了。作为中国妇科生殖内分泌学的开拓者，葛大夫及其著作是我们要永远记住和学习的。我常说，产科学是妇产科学的基础，生殖内分泌学是妇产科学的内科学基础。所以，无论你从事妇产科学的任何亚专业，都必须学好妇产科学与生殖内分泌学，打好基础，才能做好、发展好自己的专业。2008年，葛大夫主编了《实用女性生殖内分泌学》。2018年，田秦杰教授主持完成了再版。此书第一版，即为我们拉开了女性生殖内分泌学的"帷幕"，洞开了"风景"：从垂体—卵巢轴与其他内分泌腺及至靶器官组织，是身体的另一个网络和江河湖海。激素像火种、火源，在各处燃烧生热，它们产生、奔流、燎原与熄灭……这情景，很动人、很迷人；这潜流，很激荡、很神秘！

　　我对内分泌学和内分泌学家充满敬畏。除了症状、体征复杂多变，实验室检查尤其令人兴致盎然。那甾体乌龟壳，那繁杂的生化，都颇为深奥迷离，自觉每天操刀施术，像个粗人，少了学问。生殖内分泌学有深奥的理论，有繁复的实验；又有多趣的联络，有惊奇的结果。女性生殖道畸形从发生学到临床诊治，都是神秘的、复杂的，可《实用女性生殖内分泌学》一书中展示的葛大夫的"染色体—性腺—生殖器官组织"的发生发育"链条"，将女性生殖道正常发育与异常发育，器官结构分化与内分泌基础作用，联系得周密合理，便于理解、便于诊断、便于处理，这正是无论写教科书、参考书或者科普书都应追求的目标。

从 2008 年到 2018 年，十年过去了，女性生殖内分泌学作为重要的亚学科和专业得到了长足的发展。从遗传学、分子生物学到临床实践，从常见的不正常子宫出血到各种人工助孕技术，从围绝经期相关问题的管理到妇科肿瘤发生和治疗的内分泌考虑……都出现了新概念、新理论、新技术，这些都在新版中得到重视和体现；而且坚持了该书的宗旨：理论联系实际，注重临床实用。从 2008 年到 2018 年，十年过去了，新人辈出。老一辈遗传学家、妇科及内分泌学家为学科、为该书打下了坚实的基础，后来者接踵而上，传承发展，赋予它以现代性、先进性。这就是传承的力量！如果没有无数的艺术家演奏巴赫、莫扎特的乐曲，那么两位大师的辉煌业绩就真的消失了。如果没有无数默默无闻的医生执行巴斯德、科赫的学说，那么两位先哲的贡献也就付之东流了。所以，当我酝酿写这篇读书札记时，除了对书中的知识与技术的领会之外，也许更为重要的是为这种传承而欣慰。因此可以说，虽然这是一本书，却是北京协和医院妇产科老中青三代人前赴后继、努力耕耘的劳动结晶，是"战役总结"，是"战略集结"，表达了这个群体的信心和力量。诚然，这本书也是献给百岁老人葛秦生教授的祈福红烛。

（本文为葛秦生、田秦杰主编的《实用女性生殖内分泌学》一书序言）

协和的守望

葛秦生大夫

协和守望者

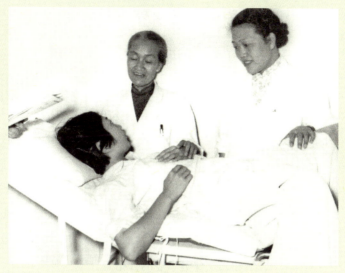

林巧稚大夫与葛秦生大夫（右）看病人

曾宪九（前排中，外科大师，葛大夫的丈夫）与协和前辈：
罗慰慈（前左一）、汤兰芳（前左三），后排自左至右为周华康、
冯传宜、王德修

祝贺严仁英教授 95 岁华诞

这是一个令人喜庆欢乐的日子,迎来严仁英教授 95 岁华诞——她如今精神矍铄。

这是一个令人崇敬学习的日子,庆祝严仁英老师几十年如一日勤奋工作——我们如沐春风。

严仁英教授是妇产科学大家,我国围产医学和妇女保健事业的开拓者。

贯彻"预防为主"的方针,增设早孕门诊,完善围产保健,降低孕产妇死亡率,围产儿死亡率,保护妇女的健康是严仁英教授的卓越贡献。这也让我们想起老师林巧稚大夫的名言,"妊娠不是病,妊娠要防病","等到孕产妇有了问题才找你,产科医生的职责,已经丢掉了一大半"。

前辈们的至理名言,真知灼见;师长们的言传身教,宝贵实践。都使我们终生难忘,是行医做人的指南。

严大夫毕业于"协和",曾工作在"协和",是中华医学会妇产科分会和《中华妇产科》杂志的老领导,让我们这些"协和"的后来者、"学会"和"杂志"工作的继承者感到亲切温暖、骄傲自豪!

我虽然没有机会在严教授身边学习与工作，但几件往事依然让我难以忘怀：

1982年在无锡召开全国妇产科大会，这是"文革"后第一次业内学术会议，隆重热烈。林大夫因病未到，严大夫、宋大夫等主持会议。我在大会秘书处"当差"，主要是写简报、起草总结，晚上要搞到很晚。可是，严大夫总要来关心了解我们的工作，总是要亲自送来点心和夜宵，像一位慈爱的母亲。

1991年严大夫主持编撰《实用优生学》，我也参与撰写两章。严大夫策划指导，见解深刻，真是一位博学而耐心的老师。

还有一次陪严大夫接待斯里兰卡妇女代表团，由于宗教信仰，我们选择在前门外"功德林"宴请外宾。席间严大夫言谈得体，应对自如，俨然是一位风度非凡的外交家。

近三年，我还有时参加北大医学研究生的开学典礼，聆听严仁英教授、张丽珠教授的讲演，她们谦逊质朴、语重心长，使我体会到什么叫循循善诱、诲人不倦，洗涤清除不少浮躁和功利之气，增添很多信念和信心。

这时我也陡然间感觉到，无论在"协和"，还是"北医"，我们是在一个大家庭，这里有我们共同的师长，他们即之也温，观之也诚，真蔼然仁者也。让我们永远有楷模、有目标，高山仰止，景行行止。

我也常听到，严大夫的自嘲和戏言，说自己"没肝没肺，能吃能睡"——仔细品味起来，实在是一种凡事看得穿、想得透、忍得住、放得下的境界和修养。这里蕴藏着严老智者的聪颖、仁者的慈爱和贤者的豁达。当我读到泰戈尔的诗句"神期待人在智慧中获得童年"，才真心明白了，严大夫是真正的大智大慧者，是永获童年的觉悟者。

最后，我以一首藏头小诗献给敬爱的严仁英教授：

敬祝泰斗百华诞，
严师慈母谱心丹。
仁爱恩泽惠四海，
英杰巾帼照医坛。

（本文为2008年庆祝严仁英教授95岁华诞会上的讲话）

协和守望者

林大夫与严大夫

致严老95岁华诞
手书诗一首

吴葆桢大夫逝世十周年祭

葆桢大夫,我们的导师
我们的兄长,我们的朋友——

十年悠忽,先生在这里静息:
西山之隅,桃李之中,
晨有鸟雀叽喳,暮有雾霭层染。
无烦杂相扰,免尘世攻讦,
可瞑目遐想,任神游广泰。

先生辛劳,得以休顿。
先生苦心,聊以慰藉。

上天授寿太短,英华正茂夭断。
学贯中西酬壮志,融汇今古总旷达。
调侃风趣愉悦于人,
忍耐宽容负重于己。

循循善诱,诲人不倦,良师难得;
耿耿阿直,慷慨不吝,益复何求。

先生为师,为兄,为友,

呕心沥血，仁义彪炳。
先生为国，为民，为家，
肝脑涂地，忠孝两全。

虽然时光荏苒，
　　弟子思念之情不衰；
纵然风雨飒瑟，
　　后辈感恩之怀日盛。

一年一度，百解千绪。
全在拜谒一鞠，先生休怪之低；
十年十度，百转千回，
盖因热血一腔，先生神知为高。

每香烟缭绕，与先生共吐纳；
尝名酒佳肴，与先生同酩酊。
先生仙去常规，先生音容依旧。

聆先生教诲，铭刻于心，
岂敢懈怠，唯奋发进取。
幸能成绩斐然，出类拔萃。

蒙先生嘱托，重任在肩，
怎能疏淡，必众志成城。
方可执学科牛耳，列队伍前茅。

协和的守望

高远之势,在于巨人肩托之功;
雷霆之力,赖于大地含蕴之能。

先生是巨人,先生是大地。
先生张山林枝叶,
先生扬瀚海波澜。

绿荫呵护我身,甘露滋润我心。
鲜花乍绽放,绿树已成荫,
祈先生美哉,安哉!
烟火冲蓝天,酒气升寰宇,
愿先生悠哉,乐哉!

协和守望者

吴大夫与夫人杜近芳，杜老师是著名京剧表演艺术家

朱蕾楨大夫逝世十周年祭

蕾楨大夫，我們的導師，我們的兄長，我們的朋友——
十年倏忽，先生離這裡辭世。
西山之渴慕相托，先生在吸吮著之中，
長有為者渴慕相托，免望世長評。
可勝月逝想，往神遊廣泰，
先生半芳，遺以謀楨；
先生普心，卿以鬱悲。

上天授吾太短，英華西歲夭折；
學養中而耑秘志，融滙今古意脈述，
澗傾風趣悒悒於人，
恕耐寬恕負香於己。

繽紛著講，誼人云滙，良師難得，
耿耿行道，憶眦不吝，營發徒求。
先生為師為仁文起楠，
順心源息，先生為國為民為家，
所殖瀝歇，忠者而金。
居崇會感同心忱曰醫。

一年二度，百料手渚，
全在即謂一蹄，先生情懷之似；
十年十度，百將手迴，
善同懿念一脈先生神知為為。

协和守望者

先生与烟瘴绝缘，与先生共眠的
营房漏佳肴，与先生共脆的
先生心志赤规，先生万卷浪阅。
高志先生嘱托，重任在肩，
志继绝院渡，必必卷成城，
方一疯营种牛莫，到沈任芳芽。
高道之势，长雅巨人育鞋之功，
雪霆之力，赖拔天以金落之能。
先生是匠人，先生是父女，
先生张山林枝叶，
先生扬溢海波涛。

华夏，何我我乒，甘苍漆须奔公。
铸民官绝放缘树已成荫，
新先生共我，安我，
烟火冲天去漆瓶升宴宇，
愿先生继我，乐我！

二〇〇二年三月九日
絮松北京西郊福田宫荃
二〇二〇年十月廿日重抄
以谅懑人念
景和
［印：春和景明］

叶惠芳老师百年华诞

敬仰师长老寿星,
叶茂根深靠耕耘。
惠风和畅甘露雨,
芳香桃李满乾坤。

叶老于次年 101 岁寿终。呜呼!

协和守望者

给叶老贺寿现场留影

难忘的苏州会议

1980年春天,在苏州召开了第二届全国妇产科学大会。这是经过十年风雨浩劫之后迎来的新的春天,是科学的春天,是妇产科学的春天。在会上,我们见到了很多敬仰的前辈,有一种庆生幸会的感觉。也有一些我们想见的前辈,却已不能前来,让人感到深深的遗憾。像天津的何应夔,协和毕业,比林大夫低三班;像阴毓璋,37岁在美国得了内、外、妇、儿四科教授的头衔,"文革"劳动,突发心脏病,连抢救都没有……令人唏嘘叹息。

在这次会议上,还认识了不少专家,也很有意思,原来只知道齐鲁的江森,可在青岛还有位何森,"二森"都非常幽默可爱!

林大夫当时已经在病中,没有到会,会议是由宋鸿钊大夫和严仁英大夫主持的。王淑贞大夫到会了,她应该是会议的最长者。连利娟大夫是北京团的联络员。

在开幕式上,宋大夫宣读了林大夫的贺信和对大家的问候,引起了热烈的掌声。

参会的最高首长是卫生部妇幼司栗秀珍司长。她住在另一个园子里,主席团的人去看过她。整个会议充满了热烈的、难忘的、欣喜的、振奋的气氛,我们又开始了新的征程!

我当时在大会秘书组"当差",算是少壮派,每天要到各组听会、了解情况,每晚写出一份简报,都要工作到很晚。让我们感动的是,严大夫总是要到秘书组来看一下,给我们带来夜宵,温馨温暖。秘书组另一位"当差"的是山东的邓少光大夫,精明能干,后来还到协和进修过。我在会上报告了腹腔镜在妇科的应用,那是国内第一篇关于妇科腹腔镜手术的报告。美国菲利普斯送给林大夫的镜子,我们把它应用起来了。林大夫很关心,林大夫很重视。我记得只给北京林大夫打过一次电话,那时候通信没那么方便,林大夫很高兴,还说起1959年的第一次全国妇产科学术大会上敬爱的周总理到会讲了话。

就是在这个会上,提出来"我们要像蚕一样抽丝不断"。这就是我们常说的"春蚕到死丝方尽,蜡炬成灰泪始干"的服务精神。

林大夫做到了,我们也必须做到!

协和的守望

1980年8月合影，左起徐春棣、张孝骞、林巧稚、、牛满江、黄薇、黄家驷
（牛满江，1912—2007，著名美国华裔生物学家）

老中青三人行

宋鸿钊大夫（1915年8月13日—2000年2月17日）、吴葆桢大夫（1929年8月3日—1992年3月3日）都是闻名遐迩的妇产科大家，我尊敬的师长。我们之间情谊深长，我视他们如父如兄。他们虽已仙逝多年，但缅怀之情与日俱增。

我们三人，依次相差十多岁，又经常一道外出，是真正的老中青三人行。宋大夫是谦谦君子、宽厚长者；吴大夫多情趣、善调侃；我乃平庸、中庸一后生。所以，我们在一起，总是和谐愉快。

外出，主角当然是宋大夫，吴大夫是配角，我是随从。一个重要任务是宋大夫讲课，宋大夫不仅致力于根治绒癌的研究，更热心于临床经验的推广，招收进修生，举办学习班，覆盖全国各地。当时，讲课没有PPT、没有幻灯，宋大夫一杯茶水、一支粉笔，一口气、一小时，讲得生动流畅。记得他讲绒癌脑转移的瘤栓期，连病人不自觉地掉了筷子，不经意地腿软滑倒，都观察细致，描述细腻，令人难忘。

有时，当地会邀请吴大夫和我做手术，当

然是非常复杂困难的手术，宋大夫也常常临场"坐镇"。是参谋、是顾问、是指挥，遇到大出血，会说"稳住，找到出血点"。"压住，别着急看"。"夹住，把髂内动脉结扎了……"啊，我们现在说的做的，不都是宋大夫教的吗！

也会遇到耐人寻味的事。那次，去河南郑州，参观吴义勋大夫保留盆腔神经的根治术，手术做得不错，将神经解剖出来，先请宋大夫看，宋大夫说："看不清楚。"再请吴大夫看，亦称"没看出来"。又让我看，我这个对二位师长愚忠的人，只能说："不够明显。"——也的确没看清楚。

宋大夫眼神不好，走路非常小心，也是我们保护照顾的重点。特别是走阶梯、下坡路，吴大夫通常走在前面，人高马大，双手叉腰，两腿弯曲，呈开路抵挡之势，以防宋大夫滑跌。我则紧紧地搀扶着老人家，也颇费气力。宋大夫体胖不便，举步局促，想走大步，却不稳健；下雨天，愿往亮处走，那正是水地。

三人行，而今唯我独行！没有了吴大夫，这世上少了多少风趣乐事；没有了宋大夫，我的左手，以前经常搀扶他，现在竟然显得空落落的……

好在，一批一批的中青年朋友又都跟上来了。

协和守望者

与宋大夫（左二）、吴大夫（左三）摄于 1989 年 11 月 15 日

永远记着老师
——2015年教师节感言（献给林大夫等老师们，并与学生们共勉）

教我们的人，永远记在心里。
从咿呀学语，到大学讲堂；
教我们的人，永远叮嘱着我们，
从考前辅导，到毕业留言；
教我们的人，永远关注着我们，
从仙凡相隔，到如影随形；
教我们的人，永远是我们的底色，
从青出于蓝，到青胜于蓝；
教我们的人，永远是力量的源泉，
从托扶的双手，到坚实的双肩；
教我们的人，永远是闪烁的明星，
从扑朔迷离，到勇往向前；
教我们的人，永远不能相忘，
从江河如逝，到日月经天……

（2020年6月再抄此诗）

协和守望者

永远记着老师

教我们的人，永远记在心里。
从咿呀学语，如入大学讲堂，
教我们的人，永远叮咛着我们；
从孩萌梦，初涉世道言行，
教我们的人，永远规诫着我们；
从仙凡相隔，如山影随形，
教我们的人，永远是我们的底色。
从萤生粒光，勃菁膀哜芒，
教我们的人，永远是力量的源泉；
从抱襁哟乐，到学堂的殷育，
教我们的人，永远是同嚷的晴望。
从抖朝逢勇，山勇雀白首，
教我们的人，永远不能相忘，
从江河东流，如日月往来……

作于2020年教师节
2020年9月 景和 童岁

"永远记着老师"手书

庄重的仪式
——《妇产科临床备忘录》第三版序言

我们十分高兴,却又有些歉意地把《妇产科临床备忘录》第三版奉献给大家。前两版的序言也是我写的,在第一版里,我把"备忘录"称之为"很有风格特色的书";在第二版里,我把"备忘录"当作妇产科医生的"袖珍手册"。从 2003 年的第一版,2008 年的第二版,到今年的第三版,虽然它始终是我们心中的神圣园地,但二、三版之间,旷日持久,十多年矣!褒者称之为酝酿发酵,贬者称之为拖拉滞后。

我想,第三版"备忘录"的特点,总得有新的承袭和发展,具体有四:

其一,灵活实用的叙述方式。

作为备忘录,必须遵循整个妇产科临床的系统性、连贯性,又必须突出"遇到问题,认识问题,解决问题"的实用性与灵活性。便于查阅、对照、作答,有引导、有观点、有方法。所谓有用(处)、有途(径)。

其二,周全细腻的选题模式。

整个妇产科学很庞杂,亚学科分类很详细,涉及问题很繁琐。这里所谓的周全,不一定是非常全面,是一种考虑的周到,取舍的艺术。

从产科的基本常识到糖尿病人的饮食管理；从小操作、数据表、英文名称缩写到癌瘤淋巴结清除、生育功能的保护；从宫外孕的自家输血到卵巢癌的诊断治疗，都兼顾寅卯，分清甲乙。关键的问题虽小，也不可漏掉；问题虽大，尽人皆知，却也不必重复赘述。

其三，独具特长的掌握程式。

这本书是由北京协和医院妇产科同道们独家编撰的，体现了协和独到的特长、知识、技术与经验。我们出版了很多经典的著作，如《林巧稚妇科肿瘤学》《宋鸿钊滋养细胞肿瘤学》《生殖内分泌学》《子宫内膜异位症的基础与临床研究》等；也翻译了一些名著，如《威廉姆斯产科学》《妇科肿瘤学》《子宫颈学》等。近年来，为了普及和推行规范化的诊断治疗，我们也出版了《妇科查房手册》《产科查房手册》《妇科肿瘤手册》等，还有许多面向大众的科普读物，如《子宫情事》等。这些都是我们编撰本书的重要依据。在备忘录里，我们突出了具有协和特色的内容，如妇科肿瘤、子宫内膜异位症、女性盆底功能障碍性疾病、女性生殖道畸形、PCOS、绝经期管理以及新进推广的单孔腹腔镜、手术后快速康复（ERAS）等。力求凸显新观念、新技术、新方法，形成协和品牌的备忘录。看似一家所成，却非仅一家之言；虽没注明旁征博引，实则集思广益。备忘录可以是"他山之石"，可以是"引玉之砖"，一定会导引珠玉，闪光发亮；也一定会激起千层浪，推动万里行。

其四，科学、庄重的人文仪式。

推行临床诊断治疗的规范化是我们编写此书的基本观点。规范化是原则，规范化是戒律，必须遵循。又要强调个体化，个体化是具体事物，需具体分析。编撰备忘录本身就是要将二者结合起来，而读者同道又要根据自己医院、科室、个人的状况和经验，根据病人病情形成临床决策。这是我们行医处事的基本态度和方法，面对错综复杂的临床问题，千变万化的病人病情，正如"备忘录"的诸项所提出的，可能是个小问题，却蕴含着大道理；问题可能有一个，答案却并非唯一。每次的临床诊断决策处理，都应贯穿"戒、慎、恐、惧"，敬畏生命，敬畏医学坚持原则，灵活机动。从一次会诊到一场手术，从一篇文章到一部著作，都应视为一个庄重的仪式，是面对神圣的生命，也是深刻的自我感验。

当我们完成此书稿，把它交到出版社付梓出版的时候，并没有感到轻松释然，而是沉重加码。我们和读者一样，期待实践的考验，期待提高与臻善。

感谢近20年全科同仁们对编著此书的齐心协力，特别是一些年轻教授们的辛勤劳作。

正值迎接协和建院百年和林巧稚大夫120华诞，我们愿意把它作为礼物献给协和、献给林大夫——我们滋生的树根，我们成长的母亲！

以此与读者们分享之，共勉之。

庚子小满

协和守望者

刚做完一台手术的我

协和的守望

我与夫人华桂茹教授已经在协和工作 55 年了（2019 年）

不为良相,当为良医

我做科主任

我做北京协和医院妇产科（学系）主任二十年，有林巧稚、连利娟、吴葆桢诸位前辈主任为楷模，又有宋鸿钊、葛秦生、孙念怙等师长教诲，以及全科同仁支持，得以继承传统，发扬光荣。

学科主任有行政管理，更有学术引领、学科发展、人才培养、团队建设等任务。

我认为一个学科主任主要做三件事：

一是协调管理。即协调关系，管理事务。凡事尊重同仁，团结共事，宽厚公正，和谐愉快。管理的基础是制定规矩，照章办事。我天生平庸，秉性宽和（春和景明）；不擅激烈，难成怒发（波澜不惊）；信奉"垂拱而治"（魏征语），"以戒为师"（佛陀语）。

二是解决问题。特别是医疗、教学、科研的诸多问题，宏观至发展方向、课题计划；微观到具体病人诊断处理，事无巨细，关乎全局，系于生命。切忌敷衍推诿，疲沓松懈。可以举重若轻，却不可以拈轻怕重。

三是承担责任。科室有荣誉，也有缺陷；面临机遇，也有挑战。主任是领导，也是成员，可分享成果，更要负起责任。不应功劳归自己，风险推别人。有一中期引产病人，合并严重心脏病，心功能很差，继续妊娠，不堪重负，引产之危险甚笃。我们还是做了审慎的准备，认真麻醉管理，严密心肺监护，手术也要尽量简易快捷。手术过程还比较顺利，但当临近手术完成时，病人情况不好了，大家紧张抢救。我赶忙洗手上台，参加抢救，尽快结束手术。虽然，并无回天之力，但来承担责任是我上台的主要意图。

我做科主任，还有三个理念：

一是依据古代哲人和政治家的名言，"通天理，近人情，达国法"，即讲道理，守规矩，行人文，施仁政。通情达理是做人行事的准则。

二是"400米跑道论"。科里大夫多，个个聪明能干，奋勇争先，要为每个人设计目标，画列跑道，大家多竞赛少碰撞。跑出400米，就要看你的毅力和意志了。

三是"大树小树或森林论"。一个单位、一个地方，要有首领，要有地标。仿佛我们要有大树，是旗引、是象征。但树木太高大、太粗壮，可能笼罩了小树，遮盖了阳光雨露，就该剪枝去叶，使小树们茁壮起来，形成一片森林，不可撼动。

科室也是一个大家庭，主任要做大家的朋友，而不是做大家的家长。

协和的守望

教师节与在京的医学博士学生,作者身旁为夫人华桂茹教授(2003年)

在告别主任职务时的一席话

(2014年6月5日,月报会)

同人们:

我在协和工作恰值50年,做妇产科主任正好20年。我对协和、对妇产科、对同人们,充满了无限的深情和真诚的热爱!

首先,无论做科主任,抑或做普通大夫,都应感恩于医院、科室和同事。是前辈师长、是同龄战友,或者年轻后生及学生,都应感念于心。这是培植我们的土地,这是养育我们的母亲,我们在此得以成长、成熟。

我们始终不能轻慢她、亵渎她,甚至包括以后的领导和同事。我发表的非医学作品达数百万言,我相信读者找不到半点对协和的微词,都是充满赞美和爱恋之情。(有人离开后会对母校,甚至对祖国说三道四,是很不好的习惯和品格!)

所以,我在这里真诚地建议:每年林大夫诞辰的纪念活动,宋大夫、吴大夫、王大夫等的祭奠活动,要永远坚持下去,不是形式,是要永远缅怀他们、纪念他们、学习他们,应该视为一种庄重的仪式,是协和妇产科传统文化的一部分。其次,我真诚地感谢大家,在这长的时间里，给予我的关心、支持、爱护与合作。我虽说尽力做好工作，但缺点、错误在所难免，得罪误伤之处也会存在。但有一点，我可聊以自慰，就是如有这些发生，绝非我的初衷和有意使然。我也希望，对新的领导成员，也应该是宽容的、支持的，正如他们也应如此对待每一个人一样。（也有人，过后会对现领导说三道四，也是很不好的习惯和品格！）第三，协和妇产科，是福地，是宝藏。需要我们去挖掘、开发和利用，更需要我们投入、培育和保护。正如我们保护环境，爱护自然。日月星辰为我们指明方向，阳光雨露滋润我们成长。

最后，我想说，我会全力支持科室新领导和科室工作，但不会干预，更不会添乱。我会自恋于我的自知之明，会有一句话记心头：我不应该再想干什么，而是应该想不干什么。

结尾做个流行语造句吧：

对领导：当官还算容易，做官很不容易，且做且珍惜。

对同人：同在一个世界容易，同在一个科室不容易，且同在且珍惜。

谢谢！

赴巴西、美国会议途中所想，记于 2014 年 5 月 7 日纽约。

2014 年 6 月 5 日，月报会。

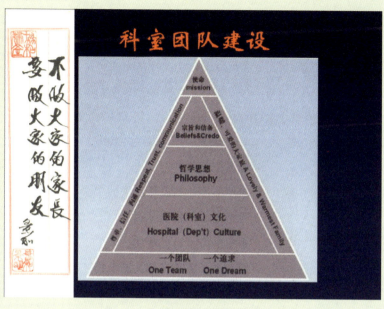

科室团队建设示意图

妇产科月报展示

"林巧稚杯"颁奖词

　　一个医生、一段人生的价值，
如何去衡量？
重要的不是自己得到了什么，
而是给予了别人什么；
重要的不是自己成功，
而是做了哪些有意义的事情；
重要的不是自己学到了什么，
而是传授给了别人什么；
重要的不是辛苦恣睢、谋权图利，
而是心怀悲悯、甘于奉献，
使他人受到鼓舞，得到帮助，获得益处；

重要的不是能力，
而是品质；
重要的不是认识多少人，
而是让多少人念记；
重要的不是名声，
而是让人传颂——
像我们敬爱的林大夫那样。
　　我们和许许多多被她救治、被她教育、被她感动的人们一样，永远谨记她留给我们的珍贵礼物：

　　对知识和技术的渴望，

　　对真理的追求和理解，

　　对人们的善良、同情和关爱，

　　以及用毕生力量

　　改善人与社会健康的智慧。

　　　　　　　　　　　　2015 年 8 月 1 日

中国医师协会 妇产科分会
"巾帼难忘"颁奖词

2015.8.1

一个医生、一段人生应该如何去衡量？

重要的不是自己得到了什么，
　　而是给予了别人什么；

重要的不是自己成功，
　　而是做了哪些有意义的事情；

重要的不是自己学到了什么，
　　而是传授给了别人什么；

重要的不是审时度势、谋取图利，
　　而是心怀悲悯、日夜奉献，
　　使他人受到鼓舞，得到帮助，获得益处；

重要的不是能力，
　　而是品质；

重要的不是认识多少人，
　　而是让多少人会记；

重要的不是名声，
　　而是让人传颂——

像我们敬爱的林大夫那样。

我们和许许多多被她救治、被她鼓舞、被她感动的人们一样，永远铭记她留给我们的珍贵礼物：

对知识和技术的渴望，
对真理的追求永难解，
对人们的善良、同情和关爱，
以及用毕生力量
　　改善人与社会健康的智慧。

中国医师协会妇产科分会会长
世界华人医师协会
　　妇产科分会会长
郎景和

医学的观念与医学的发展

在林大夫的医学思想指引下,我们注重人文理念与人文关怀,我也写下百余篇相关文章。这里选录刊发在《中华妇产科》2020年3月的一篇文章,权作注释。

我们正处在一个科技高速发展的新时代,给医学的发展带来了新的契机,也提出了新的挑战。重要的是观念和本原,把握医学发展的新方向;关键的是哲学和人文,掌控医学的研究和医疗实践的新方法。

一、医学的哲学基础是认识论

伟大的医学家、医学教育家威廉·奥斯勒说:医学是个不确定的科学和可能性的艺术。医学具有很大的局限性,因为医学的特点是研究人类自身,而人类自身的未知数甚多。医学的局限在于认知的局限,医学发展久远,追溯几千年,但真正的认知体系是近几百年才建立的。2019年的大型文献纪录片《手术200年》,生动深刻地展现了外科，也是医学发展的艰苦历程。艰苦的历程缘于认知和实践的艰难困苦。

疾病从本质上、总体上是不可能被人类完全征服的，特别是肿瘤的异质性；致病微生物，特别是病毒的变异性都会伺机反扑，提升耐药和抵抗水平，把人类重新推入陷阱。从1981年的AIDS，到2003年的SARS都是我们未曾知晓的；后来我们似乎知道了这些病毒，但此后每年都会有一两种新的病毒性疾病流行：H1N1、MERS、埃博拉、尼帕、寨卡，一直到现在的2019-nCoV，我们依然措手不及。虽然我们坚信，可以战胜它们，须知这也许不过是医疗的暂时胜利，既不能慌乱悲苦，也不能盲目乐观，总是要应对"妖物又重来"。我们甚至可以说，一个人、一种药、一种仪器，如果说成什么都能治，大概意味着什么都不能治；没有任何副作用，大概意味着没有什么作用。

基于认知的局限，加之任何医疗活动都是在人的活的机体上实行的，所以医疗的风险始终存在。无论是诊断（创伤、误诊）、用药（毒副作用、剂量、耐药差异及过敏）以及手术（麻醉、出血、损伤及感染）等，所以先哲才告诫我们"如临深渊，如履薄冰"。

医疗显然并不总意味着治愈某种疾病，还应更重视体恤和关怀，这就是特鲁德的名言："有时是治愈，常常是帮助，总是去安慰。"所谓长生不老、无疾而终，不过是一句敬语和神话。对医学的认知的基础是哲学，哲学又指导医学如何实践和前行。正是，哲学始源于医学，医学归隐于哲学。

二、医学的新观念和新思想

近一二十年,科技的发展和医学的进步,在学界出现了一系列新的观念或者是新的概念、名词和提法,譬如,循证医学、转化医学、价值医学、数字医学、叙事医学、舒缓医学、防卫医学、整合医学、精准医学、智能医学等,还会出现,花样翻新。应该说,作为一种医学理念和观点,强化一种思维和作为,都应该有其积极和进步的作用。循证医学强调可靠的证据是诊断和治疗的基础;转化医学强调临床到实验,以及从实验到临床的结合和相互转化;精准医学强调以现代实验技术在基因水平寻找疾病的原因和治疗的靶点,更加准确地个体化分类和治疗;整合医学强调整体的、系统的、综合的观察分析和处理临床问题。及至数字医学、智能医学都是基于大数据、云计算,信息化、网络化应用于医学研究和临床实践。

但在我们引入、倡导和应用这些观念和理念的时候,不应忽视以下三点:

第一,可以说,上述的各种"医学"都是思想方法和认识论。就其本质,无一例外在领袖毛泽东的伟大著作中已经阐述得非常深刻、非常透彻、非常明确了。比如:"没有调查,就没有发言权""人的正确思想是从哪里来的?""从实践中来,到实践中去""实践—理论—实践""对技术精益求精""具体问题具体分析"……

立论相当明确、系统,高明于那些舶来品名词千百倍,我们的确不应忽略和忘却!

第二,那个新概念包括提法本身就有缺陷和偏颇。诚如,我们强调循证的重要,但证据还不是医疗决策,医疗决策必须考量及平衡证据、资源和价值取向等多方面的因素，甚至涉及社会、经济、伦理以及人文的影响。而且，循证医学并不能完全代替临床经验，一个没有临床经验的人，即使十分熟悉证据，也无法给患者看病。在研究的证据不存在时（这是经常遇到的），临床经验则是实践和决策可以依靠的唯一的、最好的证据（譬如少见病、罕见病）。

第三，一些新观念其实质并无新意，而且带着哲学意义上的"先天缺陷"，比如"精准"本身的不确定性。知识无限可能，科技无限可能，精准无限可能，你我无限可能。然而无限者，有限也；可能者，不可能也。这是我们面临的后奥斯勒时代，或者是如何善待哲学的思考。我们也许像气象学家一样，不能完全报告出准确无误的天气预报，像地震学家一样，不能准确发布地震消息。我们只能说：不能保证治疗好每一个患者，但要保证好好治疗每一个患者。

三、医学的现代危机和发展偏颇

其一，当代的科技飞跃发展推进了医疗技术的进步，甚至改变着医疗的思维观念、技术路线和实施方法，这在提高诊断治疗水平的同时，也可能模糊了疾病的图景、实施的方案，甚至医学的目的。还有所谓新观念、新技术的理解与使用不当或者滥用造成技术"畸化"，以及在商品社会中，非医疗因素驱动造成的技术扭曲。

作为医生或者患者，都会更相信和依赖实验报告与仪器检查，从而忽略对话与交流、关爱与信任。医生的心智会"板结"和"沙漠化"，患者的意念会"孤独"和"迷茫化"。因为双方都可能模糊了"谁是我的医生？""谁是我的患者？"或者可能模糊了"这里是医院？""这里是作坊？"——这是多么令人担忧的情景啊！

其二,"技术至上""唯技术论""唯数字论"以及"技术经济化",致使"医学技术"成了医疗的代名词,形成医学的浮躁化和功利性。

一个现已显露的问题就是过度诊断和过度治疗,忽略认知和实践的局限和偏颇,忽略多因素全方位的影响和作用,忽略思维方法和哲学理念的缺憾,固守数字、机械照搬,成为新的"技术官僚主义"。其中的隐患是对患者的生命和健康、对医生的智慧和良知的损害,对社会经济与普世公平的损害。所谓"唯客观"是瞻,见病不见人,乃为从医之大忌。离床医疗将成为危险倾向,而离床医生不是好医生!

其三,离开了哲学指导或者悖离于哲学理念的技术发展和医学进步,仍然令人堪忧堪虑。

人们对科学技术的轻信和对自然斗争"胜利"的得意,可能是一种盲目乐观和"自杀行为"。对医学科学进步的吹嘘也可能是自欺欺人。

高效的现代检查技术和实验流程会导致辩证统一的缺失,活生生的人体作为整体,可能被分割成流水线上的一个个部件。我们可能偏好于进入微观,而忘却宏观的认识,以及两者的反复结合、对照辩证与综合分析,如是才能得到完整全面正确的认识。经济学家约瑟夫·熊彼特早在20世纪中期就指出,高科技发展引发"创造性破坏"或"熊彼特化",今天我们更应警惕其对医学的染指,我们不要"熊彼特化",我们要"狼人性化"。

医学并不是一门纯粹的、完美的科学,而是一个时刻变换、难以琢磨的知识技术和意识系统,有强烈的实践性、局限性和风险性。因为其对象是活的机体,是有思想情感、有意识意愿以及有家庭社会背景的人。

未来的世界和医学或许为基因技术、人工智能或者机器人所掌控，它将改变人与人的关系，人与世界的关系，人与其他物种之间的关系。我们可能会变成生化与电子算法的混合体，成为巨大电子系统中的一枚微小芯片，一切被大数据所淹没。机器人操纵一切，谁来操纵机器人？更可怕的是，人如若像机器一样思想……也许这是未来的科学，但不应该是未来的医学。我们呼唤回归医学本源，我们努力探索哲学智慧。永远走到患者面前去，追求医学真善美的永恒之道！

协和的守望

林大夫做科普宣传讲座现场

医者行
——为中国医师协会妇产科分会年会而作

仙风道骨,悬壶天涯。
深山老林,采药回家。
夜半读书,日晌行侠。
志愿良医,岂在良相。
百里人家,一路传佳话。
慈悲守望,何处不生花。

迢迢岁月,青丝变白发。
悠悠流水,珍重嘉年华。
医者仁心术,寰宇享福祉。
虔诚祈祷,一路一莲花。

苦乐与共,天上人间。
蟾宫擎蛇杖,太平庆安康!

2019 年 8 月

协和的守望

《医者行》歌词手书

奇异恩典

天地神圣，
生命至上，
虔诚祈福吉祥。

生卒病老，
苦难痛殇，
享天年度安康？

敬畏医学，
敬畏自然，
救扶道法天苍。

归信伊始，
誓言不忘，
仁心仁术源长。

如临深渊，
如履薄冰，
戒慎恐惧高尚。

普世广济，

协和的守望

恩爱无限,
健康终归家乡。

百年旷世,
千载不渝,
国泰民安兴邦!

齐聚吟颂,
万众一心,
光明永在前方。

2020 年 5 月 21 日

不为良相，当为良医

《奇异恩典》歌词手书

深切的缅怀

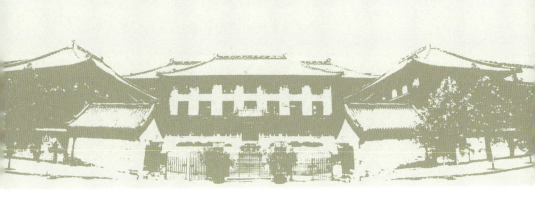

童子之心不可无

林巧稚

高士其同志的科普作品很多,在报刊杂志上经常可以看到,觉得他写得很有趣。可是让我发点议论,这可难为我了。我想了又想,不知怎么想出这样一句话,就是"童子之心不可无"!

高士其是科学家,但他有一颗童子之心。何谓童子之心? 热情无邪、活跃纯真。这是我从他的作品中品味出来的,当然不是他的作品的全部特色,但也许是其中的一部分。高士其正是以这样一颗心,与孩子们、与青少年息息相通、心心相印。于是他启迪着青少年心灵的窗户,帮助青少年伸延思维的触觉,他成为青少年亲密的朋友。我曾看到一张他和少年儿童合影的照片,他微笑的眼神和嘴角,都仿佛是个孩童,难怪他写的东西,那么受青少年欢迎。

我对高士其的这个印象在一次会见中更为加深了。我和高士其同志都是福建人,又都担任中华医学会科普工作委员会和北京科普创作协会的顾问,经常在一些重要的会议上见面,常常在与青少年聚会上都被系上鲜艳的红领巾,不过除彼此示意,表达问候外,未能做半句交流。但于1980年秋天,士其同志竟来我家做客了,这可是贵客大驾呀!那天,李宗浩大夫、郎景和大夫、封根泉同志都忙得不亦乐乎,士其同志的家属也来了,真是令人高兴。他发声很艰难,我听不懂。但从他颤颤抖抖的书写,他面部的表情、眼神和不时发出的咯咯笑声,我发现他的思维敏锐,感情丰富。我们用笔做了愉快的交谈,他主动谈了计划生育问题、护士的地位问题,说明他关心我们社会发展的一切,他不是一个病残者,他是一个通晓各方面知识的学者!从这次会见中,我确实体会到他的可敬的童子之心。尽管表达思想对他是何等困难,但他也还有什么说什么,发表看法,提出意见,正直坦率、一片赤诚。他临走时,赠送给我一本《高士其科普创作选集》,这使我有机会系统地读他的书,也激起了我的一颗童子之心。

高士其同志是搞生物细菌的科学家,可是他作品涉及的内容和题材、体裁都很广泛,他的爱好和才能是多方面的。他用童子之心忖度青少年所思所想,又用科学和长者的高度和经验教育后辈,无论多么艰涩的内容,他都处理得通俗易懂,顺理成章。

于是,我也得到一个深刻的启示:一个老科学工作者,要学习高士其同志,多为青少年写点科普读物。青少年正值思想启蒙时期,科学的陶冶十分重要,要通过生动、通俗、有趣的作品,培养他们学科学、爱科学、搞科学。一些有点名望的科学家都这样做,会给青少年好的影响。不能认为搞科学是可有可无的事情,也不能认为科普作品是"下里巴人",科学论文才是"阳春白雪"。我手里拿着这本《选集》,我敢说它胜似许多发明创造!

我读高士其作品的另一个体会(也许还是童子之心吧!),就是无论你从事哪个学科,或者哪个学科的专门家,都要关心其他学科的近况和发展,要尽量地涉猎各种知识。因为,现代科学的发展,使各学科互相渗透,互相影响,一些新的科学往往是

"边缘"的,是两种或多种科学"挤"成的"尖端"。专抠自己的小天地是不行的。当然,样样都精通是不可能的,但了解其他方面的知识,或与别的专门家交谈显然是有益的。在各学科的交叉中,科普作品起着重要作用,它是桥梁是纽带。所以,科普作品不仅是普通读者的朋友,也是科学家的朋友,从科普中得到启发、造树成就的科学家是不乏其人的,谁能小看科普作品的重要性呢?我正是带着这样一种心情去读高士其的作品,去读其他一些同志的作品的。

时间催我们衰老,科学使我们年轻。要承认自己在知识的大海面前,还是一个无知的孩童,永远好奇,永远不满足,永远勤于学习和探索。这是我读高士其作品的感受,我觉得自己年轻了,有一颗童子之心。

痛失巾帼英才
——深切悼念林巧稚同志逝世
康克清

4月22日，正当全国妇联常委扩大会议召开期间，噩耗传来，我国著名妇产科专家林巧稚同志因病逝世。我们与会的全体同志都为失去这位人民的好医生、全国妇女的知心朋友而深感悲痛，全体肃立为她志哀。

林巧稚同志患病的消息一直牵动着许多同志的心。记得最后一次我到医院探望她，她的病情已很沉重。她认出了我，困难地喊出一个"康"字，费劲地拍打着我的手，这是她亲昵的表示。她注视着我送来的兰花，闻到那花的芳香，微笑了。我看见她的嘴角不时颤动，心里很难受，她说话已很困难，还握着我的手，为我号脉。她重病卧床，还这样关心同志，使我非常感动。

林巧稚同志自幼勤奋好学，1921年考入北京协和医学堂，八年后以优异成绩获得医学博士学位。在当时，一个28岁的青年女子，能取得这样的成就，是很不容易的。她生长的年代，正是祖国灾难深重，妇女们受着封建的政权、族权、神权、夫权的重重压迫。她决意冲破几千年重男轻女的旧礼教，用自己的努力去回答

"女人不行"的传统观念，为女子争一口气。她性格倔强，决心做什么事，就一定要做到。她怀抱"不为良相，当为良医"的志向，离开故乡厦门到北京学医，毕业后就任协和医院妇产科医生。那年代，一个女医生如果结婚生育，前途就受到威胁。在事业和个人幸福不能两全之时，她把事业放在第一位，宁肯独身。六十几年来，她把自己的知识、青春，及至自己的身躯，都献给了人民，献给了祖国医疗科学事业。她成为我国妇产科学的开拓者之一，中国科学院第一位女学部委员，并代表我国参加世界卫生组织顾问委员会，在国内外享有很高声誉。林巧稚同志的巨大成就本身，就是妇女蕴藏很大潜力的有说服力的证明，也是对一切男尊女卑的封建思想的有力批判。

　　林巧稚同志是很受人民群众，特别是妇女群众欢迎的好医生。她始终坚持临床第一线，在外边开完会，不先回家，而先到病房转转。她把医院当成自己的家，把每个病人当成自己的亲人，把每一个呱呱坠地的孩子当成自己的儿女。她给人看病有个最大的特点，就是对病人极端热情，详细询问病情、病史，耐心倾听病人的诉说。无论病人是什么身份，是高级干部还是贫苦农民，只要是她的病人，她都同样认真，同样负责，处处替病人着想。她是看病，不是看人。她这个优点给我深刻印象，在我们之间已经很熟悉之后，有一次她问我："你开始来看病时也用这个名字吗？"我说："是的。""真的吗？"我笑了："我从来就用这个名字，病历上不是都有记录嘛。"可见她在看病时，只关心病人的本身，并不注意那个病人是谁。

　　她医术精深、医德高尚，早就很有名了。她原先信基督教，不问政治，然而她爱国，认为自己和自己的事业离不开祖国。解放后，中国社会发生了翻天覆地的变化，她通过观察和实践，思想也逐渐地转变，用她自己的话说："我自觉自愿地打开'协和'的窗户，看见了我们可爱的祖国。"她从协和医院狭小天地走进了人民的队伍，真诚地拥护共产党，拥护人民政府。人民选她当人民代表，妇女选她当妇女代表。她受到党和人民政府的深切关怀，周恩来同志曾出席她主持的中华医学会第一届妇产科学术会议，并讲了话。周总理说："我们要像春蚕一样，将最后一根丝都吐出来贡献给国家。"她牢记总理这句话，作为自己前进的动力。

她的医疗技术和经验同人民相结合，在群众中开花结果。她不仅亲手接产了几万个孩子，不仅从各种疑难病、危重病中救治了数不清的母亲和婴儿，她还培养了许多学生，遍于全国。她主编和撰写的科学论著培育着一代又一代的妇产科医生，她主编的科普读物把科学的保健知识普及到千家万户。特别重要的是，她提出并且主持了大规模的子宫颈癌普查普治，子宫颈癌这种病对妇女生命威胁很大，死亡率很高，经过大规模普查普治，许多患者的病得到早期发现和治疗，死亡率很快下降了。她在64岁高龄，还深入湖南农村参加巡回医疗，给农民送医送药，为妇女治病解忧。农民感谢她，欢迎她，而她认为自己的收获更大，"虽然我们下去为她们治了一些肉体上的病，但农民却给我们治了思想上的'病'"。她很关心祖国的人口控制和人口质量问题，热情鼓励有关计划生育和优生优育知识的传播，她说："不加控制地增长人口无疑是一场灾难；而忽视人口质量也同样是灾难性的错误。"有效地防治妇科疾病，提高母亲、婴儿的健康水平，是进一步解放妇女劳动力，加强社会主义建设的一件大事，林巧稚同志在这一领域的贡献，使她受到人民，特别是妇女的崇敬。

林巧稚同志十分热心妇女工作，多年来兼任全国妇联和北京市妇联的领导职位，是第四届全国妇联副主席。她强调做好妇女儿童的保健工作，发挥妇女在革命和建设中的作用；她对男女婚龄的规定，以及妇女劳动保护等问题，都发表过有价值的意见。她虽是兼职的妇联负责干部，却以毕生的精力，从医疗和科研实践方面，认真执行了宪法上保护妇女儿童权益的规定，为我国妇女解放事业做出了重要的贡献。她是受尊敬的真正的妇女儿童工作者。

林巧稚同志待人耿直豪爽，作风正派。不隐瞒自己的观点，对党和政府的工作，能坦率地提出批评和建议。这点，我同她相处中有深切的体会，她是我们党的亲密朋友。

林巧稚同志是中国妇女界杰出的代表，她的成就是中国妇女的骄傲。她的逝世，不仅是卫生界的损失，而且是妇女界的重大损失。我们悼念她，就要学习她对祖国、对人民、对党、对社会的一片忠诚；学习她为争取男女平等、妇女解放而自强不息的奋斗精神；学习她对工作极端负责、对病人极端热情、对妇女关怀备至、对技术精益求精的崇高品德。

我希望并相信，将有更多的妇女学习林巧稚同志的榜样，奋发自强，为祖国的繁荣昌盛做出自己的贡献。

林巧稚同志，安息吧！

（原载《健康报》1983 年 5 月 8 日）

深切的缅怀

林巧稚教授追悼会在京举行

叶剑英、李先念、彭真、习仲勋、宋任穷、胡乔木等国家领导人送了花圈；邓颖超、杨尚昆、康克清、胡子昂、周培源等参加了追悼会

[新华社] 我国著名妇产科专家、中国科学院学部委员、中华医学会副会长林巧稚教授追悼会，今天下午在北京八宝山革命公墓礼堂举行。叶剑英、李先念、彭真、邓小平、习仲勋、杨尚昆、宋任穷、胡乔木、廖承志、姚依林、史良、康克清等党和国家领导人送了花圈。送花圈的还有全国人大、政协、中共中央统战部、中组部、宣传部、卫生部……

追悼会由康克清主持，卫生部副部长王伟发致悼词。悼词中说，林巧稚同志是一位著名医学家，我国妇产科学的开拓者之一。她献身医学事业60余年，把毕生的精力无私地奉献给人民，她以精湛的医术和高尚的医德服务于人民，深受群众的敬爱。

悼词中说，林巧稚同志是位经历了新旧社会变革的老医生。祖国的巨大变化使她认识到，中国共产党是人民利益的代表，社会主义是中国的唯一出路。她信奉过基督教，不是共产党员。但她追求真理，追求进步，相信科学，相信共产党。她努力学习马列主义、毛泽东思想，把自己锻炼成一个无愧无悔的革命者和积极的社会活动家。她与毛主席讨论过人口控制问题，她还受过周恩来的指示，把计划生育作为妇产科学术建设的重要课题，有力地推动了它的开展。

参加追悼会的还有林巧稚的家属、学生及各界人士近千人。

（何志良）

痛失巾帼英才

——深切悼念林巧稚同志逝世

康克清

4月22日，正当全国妇联扩大会议开会期间，噩耗传来，我国著名妇产科专家林巧稚同志因病逝世。我们与会的全体同志，都为失去这位人民的好医生、全国妇女的知心朋友而深感悲痛，全体肃立为她致哀。

林巧稚同志患病的消息一直牵动着许多同志的心。记得最后一次我到医院探望她，她的病已很沉重。她出了汗，因难地咳出一个痰块，费劲地拍打着我的手，是她亲昵的表示。她注视着我迷糊的眼光，回到那花的芬芳，微笑了。我看见她的嘴唇不时颤动，心里很难受。她说话已很困难，还握住我的手，为我导脉。我已重病卧床，还这样关心同志，使我非常感动。

林巧稚同志自幼勤奋好学，1921年考入北京协和医学堂，八年后以优异成绩获得医学博士学位。在当时，一个28岁的青年女子，能取得这样的成就，是很不容易的。她生长的年代，正是国家灾难深重，妇女们受着封建的政权、族权、神权、夫权的重重压迫。她决心冲破几千年来男尊女卑的旧礼教，用自己的努力去同奇"女子不行"的传统观念。为女子争一口气，她性格倔强，决心做什么事，就一定要做到。她怀着"不为良相，当为良医"的志向，高中毕业后厦门到北京协和医学堂，毕业后就任协和医院妇产科医生。那年代，一个女医生如果结婚生子，前途就要受到威胁。在事业和个人幸福不能两全之时，她把事业放在第一位，终身未嫁。二十九年来，她把自己的知识、青春，献给了她自己的事业，都献给了人民，献给了祖国的医疗事业。她成为了我国妇产科学的开拓者之一，中国科学院第一位女学部委员，代表我国参加世界卫生组织顾问委员会，在国内外享有很高的声誉。林巧稚同志的巨大成就本身，就是妇女蕴藏巨大潜力的有说服力的证明，也是对一切男尊女卑的封建思想的有力批判。

林巧稚同志总是心系人民群众，特别是妇女群众众望的好医生。她始终坚持临床第一线。在外边开完会，不先回家，而是先到病房转转。她把医院当作自己的家，把每一个病人都当作自己的亲人，把每一个婴儿都当作自己的儿女。她看病有个最大的特点，就是对病人极端热情，详细询问病情、病史，耐心倾听病人的诉说。不论病人是什么身份，是高级干部还是贫苦农民，只要是她的病人，她都同样认真，同样负责，处处替病人着想。

（下转第二版）

林大夫逝世后，报纸发的消息与悼念文章

光辉的榜样
——忆林巧稚老师

宋鸿钊　葛秦生　王文彬　连利娟
吴葆桢　许　杭

夜深了，一位大出血的产妇被送进病房，孩子还没有降生就大出血，是一个危险的讯号，它意味着两种随时可以夺去胎儿甚至母亲生命的产科病——前置胎盘或胎盘早剥。但症候群不够典型，而这种病的紧急处理却有很大的不同。

值班医师感到为难了，于是拿起电话告急。十五分钟以后，一个瘦小而又刚健的身影，轻捷地走进病房。她认真地了解发病经过，细致地进行检查，果断地做出决定。她守候在产妇身旁，观察每一项措施的反应和效果。天亮了，孩子平安出生，大人脱离危险了。

值班医生拖着疲乏的身子去休息了，而那位大夫又开始了新的一天的紧张工作。这位不知疲倦、年逾七旬的老人就是中外著名的临床学家，首都医院（当时的院名，即北京协和医院）的妇产科主任，我们敬爱的老师——林巧稚大夫。

心中只有病人

五十年如一日，林大夫唯一想到的是工作，唯一牵挂的是病人。在她的时间表上，没有星期天，也没节假日，更没有白天黑夜。任何一位疑难或危重的病人，虽然经过妥善的处理已经转危为安了，林大夫总要在半夜打电话来询问。"如果我不知道病人的情况，一夜也不能入睡。"林大夫的心就是这样和病人紧紧连在一起。她从一个专职医生到身兼很多重要职务的社会活动家，却从没有一天脱离过临床。不管工作如何千头万绪，时间多么紧张急迫，哪怕是一位低年资医生提出的极为简单的问题，她也从不厌烦地耐心解答。"关系到病人的，哪怕再小，也是大事。"这就是林大夫所奉行的原则。

在旧社会，找林大夫看病，有社会各个阶层的人。林大夫对达官贵人从不趋炎附势，而面对穷苦的人却更充满同情。当年林大夫开业时为她兼管账目的助手，今天仍能回忆起林大夫叮嘱她免收穷人费用时的情景。解放以后，人们生活有很大改善，但林大夫仍然特别体贴和关照困难较多的病人。林大夫从来无怨无嗔，即使受到了委屈或损害，她也不轻言指责别人。但当她发现她的助手或学生在处理病人方面不够认真或有错误时，却毫不容情地提出严厉的批评。

林大夫是一个很刚毅的人，但当一位晚期癌瘤病人医治无效而去世的时候，却往往流下同情的泪水，惋惜地说道："我们又失去了她！"林大夫与病人同呼吸、共忧患的崇高医德，渗透在她的一言一行之中，赢得了成千上万受过她诊治的人的感激和怀念，也赢得一切跟她工作过的包括受过她指责和批评的人的由衷的崇敬和爱戴。

循序善诱，诲人不倦

林大夫没有滔滔不绝的口才，也不善于用哗众取宠的辞藻。但她却是一位极为杰出的教师，特别是在临床教学方面，她的教授方法具有独特的感染力和说服力。大巡诊的时候,几十名医生围在她旁边,聆听她的分析。她的观察力是如此敏锐,对于复杂的妇产科疑难病例,她往往能透过错综复杂的现象,找到症结所在,切中问题的要害。一份罗列着十几次甚至几十次重复检查资料的难产病历,看起来似乎千头万绪,无从下手,但林大夫却能从这平常的资料中看到异常的现象,指出造成难产的根由,提出符合实际情况的最恰当的处理意见。她那问答式的分析方法,带动旁边人跟着她一起思考,知道哪些是正确的,哪些是谬误的。由于林大夫提出的论据令人心悦诚服,甚至受到她批评的人往往收获最大。林大夫有着极为丰富的经验,但她更重视事实和证据,对一切请她会诊的病人,她都要亲自询问,亲自检查。证据不足或对收集到的资料有疑问时,她就带着大家到放射科、病理科亲自核对照片和切片,和有关专家商讨,然后根据这些第一手的材料进行分析和做出判断。她的学生、后辈,从她那里学习了严谨的治学态度,学习了重视科学、一丝不苟的精神,培养出了一切从病人的感受出发,锤炼出强烈的医生责任感。

　　林大夫不仅善于教学,更善于教人、识人。如果说熊庆来教授、华罗庚教授是数学界的伯乐,那么林大夫可以说是妇产科学界的伯乐。她非常重视人才的培养,善于根据每个人的性格特点和接受能力,判断适于做医疗还是做实验室工作,适合于搞产科还是搞妇科,以此做出周到设计、苦心安排,为每一个人都做出培训计划和发展方向。几十年后的今天可以看到,林大夫的这些安排都是非常正确的。在她手下受教的人数以百计,其中许多人已经是在学术上卓有成就的专家,许多则是医学院校妇产科学系的主要负责人。

　　林大夫桃李满天下,林大夫的科学态度和献身精神正在祖国各地开花结果。

勇于探索，锲而不舍

林大夫对于科学有一种顽强的探索精神，她曾经毕业于当时国内最有权威的医学院校，以后又多次赴英、美深造，但她却从来不受书本上的知识限制，不拘泥于文献上的结论，而总是一往无前热情地试图揭示那些不为人理解的疾病上的奥秘。

早在三十余年前，一位孕妇因为出血，找到林大夫。检查发现患者的子宫颈上有一个肿瘤，菜花状的外表，一触碰就出血，符合子宫颈癌的表现。经过病理学检查，也认为宫颈癌。妊娠合并宫颈癌是一种十分严重的情况，为了及时制止癌瘤的发展，必须把孩子和子宫拿掉。而这是病人的第一胎，孕妇绝望了，大夫犹豫了。林大夫通过细致观察，反复分析了患者宫颈上的肿瘤的特点，发现不像一般宫颈癌那么脆、那么硬。会不会由于妊娠体内急剧的内分泌改变，在宫颈上造成一种类似癌瘤的现象呢？在那个时候谁也不敢回答。为了科学、为了病人的幸福，林大夫决定暂时不为患者引产，而是严密地、反复地观察患者宫颈的变化。果然，这个肿物的发展不像一般的癌瘤，它没有继续长大，也没有向周围扩散。妊娠到了足月，孩子平安降生后不久，宫颈上的肿物自然消失了。患者得到了一个几乎注定要失去的孩子。

为了感谢林大夫，孩子的父亲给孩子取了一个名字叫"念林"。几年之后，科学界认识到了，那例孕产妇所患的宫颈肿物是一种特殊组织学反应——蜕膜瘤，虽然具有瘤的形态，而不是真正的肿瘤，更不是恶性肿瘤。

葡萄胎虽然是一种古老的疾病，但中国人系统地认识这种病不过是近几十年的事。许多规律性的东西都要从头来认识。葡萄胎本来不是肿瘤，但容易发展为恶性葡萄胎和绒癌。恶性葡萄胎和绒癌的恶性程度差别很大，预后也不相同，但往往由于得不到组织标本进行病理学检查而难于确诊。为此林大夫把她经治的每一例病人的历史都做了认真分析，终于得出了从葡萄胎到恶性葡萄胎以致绒癌，实际上是一种疾病的不同阶段的论点。并从时间上找出鉴别于这两种疾病的规律，而这一规律到今天仍然被妇产科的临床工作者所广泛采用。

此外，对于像结核性盆腔炎、子宫内膜异位症等妇科领域中的疑难而又多见的疾病，多年来林大夫均为之付出了巨大的心血，以锲而不舍的精神进行了研究，为我们留下了很宝贵的材料和理论。

林大夫做了大量的研究工作，提出了很多独到的观点和思想。她凭着对整个妇产科学术动态的掌握，和她个人丰富的经验，为她的学生们提出研究题目，制定计划，以至逐字逐句修改论文。而文章写成后，她却坚持不把自己的名字署在上面，实际上都渗透着林大夫的经验和心血。林大夫大量的论文不是用她的名字发表在刊物上面，而是写在她学生的文章里，写在受过她教诲的每个人的心上。

立足本职，胸怀全局

林大夫十分重视临床的医疗、教学和科研工作，但她并没有把自己局限在协和医院妇产科。

新中国成立之后，在党的正确领导和大力支持下，林大夫发展中国妇产科的愿望终于实现了。她和国内几位从事妇产科工作的先驱一道，建立了中华医学会妇产科学会。1953年创办了中国第一份也是唯一一份《中华妇产科》杂志，并担任学会主任和杂志的总编辑。今天，全国各省和各大城市都有了妇产科分会，《中华妇产科》杂志也成了受到妇产科工作者欢迎的权威性刊物。

在全国范围内妇产科学已经形成具有一定规模、较高水平的学科，形成了一支有相当数量的妇产科学的队伍，这一切，都和林大夫30年来兢兢业业、苦心经营分不开的。

在我们这些林大夫的第一代、第二代以及第三代的学生中，林大夫永远是那样生气蓬勃、精神矍铄，永远带领着我们向前进。她是不会老的！

但是，为了中国的妇产科学事业贡献出一切的林大夫终于积劳成疾，她病倒了，她最后离开我们了。然而，林大夫并没有死，她永远活在我们心中。我们一定要继承她的事业，把她那极端热忱、极端负责的崇高品德发扬光大，代代相传！

（原载《中国医学科学院院报》，1983年5月10日）

某次月报会现场
右起：连大夫、宋大夫、郎大夫（1999年）

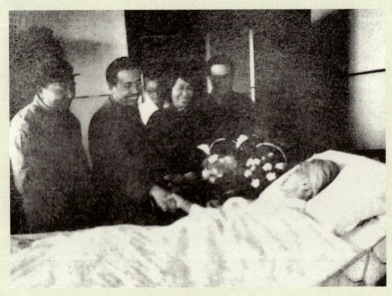

陈慕华副总理探望林大夫
左起：《人民日报》高记者、医科院宣传部吴宗起、宋大夫、陈慕华、郎大夫

从青年医生开始，就要学习做科研工作
——在林巧稚教授105周年诞辰纪念会上的讲话

连利娟

今天我们以青年科研论文比赛形式纪念林主任105周年诞辰，还有上海复旦大学妇产科医院的青年医师来参加。

我想，林主任在天之灵一定为此感到格外高兴。因为她的整个一生精力和心血都是扑在妇产科医学科学事业上。除了医疗和教学，还特别重视科学研究。我记得当年，就是当我们在住院医师和主治医师阶段，林主任就安排我们大家轮流每个人每1—2年都要脱产1—2个月，专门从事科研。使我们大家都受到科研工作的训练，使我们懂得作为一个医生，不但肩负着给患者治病的责任，还要善于在医疗中总结经验，钻研在医疗中遇到的问题，使医疗质量和医疗水平不断地提高。这样才可以使患者得到最好的医疗，并使妇产科学科得到最好的发展。

在这里，我回忆起林大夫对青年医师的关怀和医教研全面培养的一个很小的具体事例，是我亲身经历的一个实例：我是1950年湘雅医学院毕业后来协和的，当我还是实习医师的时候，在休假时（当时协和的制度每个大夫每

年有一个月休假）林主任问我，休假时上哪儿去？我说，我的家在湖南，我不打算回去。林主任说，我给你一个课题，总结病例。让我把科里过去的葡萄胎的病历找出来，和她一起一例一例地分析。她很忙，只能利用晚上时间在她办公室，她教我怎么分析。可是，她太忙，不可能每天来，隔了几天，她又忘记了原来的病例情况。因为她在分析病例时，总是一丝不苟，每个小细节她都要搞清楚，不含糊。她忘了，我们又重复地复习，就这样，一个病例翻来覆去地复习，我差不多把那些病历都可以背出来。到现在，隔了50多年，我还能记得其中一部分病例的姓名和病情。这样的分析，虽然费时间，但因为分析很透彻，确实总结出来一些很有价值的规律。所以，在实习医师阶段，那次病历的总结分析，确实是我一生中一堂难忘的科研课。我当时只是一个实习大夫，林主任在百忙中还亲自抽时间、下功夫对我进行教育培养。

实验室的试管和试剂以及动物是研究资料，我们的病人是活生生的、更宝贵的研究对象。林主任在夜以继日的医疗实践中，不但挽救了病人，还培养了干部，并且让大家牢固地养成了医疗、科研并重的习惯。今天大家在青年医师阶段就开始了一些初步的科研工作，有些还写出了优秀的论文，也正是实现了林主任对青年医师的愿望。

今天纪念林大夫诞生105周年的另一个内容是《林巧稚妇科肿瘤学》第四版的出版。这本书的第一版是在24年以前由林主任带领我们大家撰写并亲自主持编著的《妇科肿瘤》，那本书的内容主要是总结了我们科30年的临床资料，分析了本院3900多份病历，还复习了国内外有关文献。由于资料是来源于编著者的临床实践，许多疾病的诊断和处理原则又都是林主任亲自指导处理的。所以，那本书的内容对妇科肿瘤的诊断和治疗都有实践经验介绍和新的观点的引进，受到了读者的欢迎和重视，并被评为国家优秀科技图书一等奖。

林大夫在编著这本书的第一版时，正是她处于年迈体弱的晚年，但是她不顾疾病的困扰，每天由她的秘书将大家写的稿子，一篇一篇的读给她听，她听了之后，会提出一些修改意见，还逐字逐句加以推敲和修改。所以，《林巧稚妇科肿瘤学》的第一版是林主任留给我们的宝贵的遗产！

第一版出版距今已经24年，这24年中，林大夫的学生们以及她的学生的学生，又相继于1994年和1999年及至现在，对本书再版了三次。这三次再版都是在林主任编著的第一版的基础上，根据妇科肿瘤领域不断新的进展所编写的。每当我们修订再版时，都会感到似乎每一个章节都有些新的内容可以加进去，或是自己在实践中深有体会的经验，或是文献上所报道的先进经验。特别近几年，电脑检索那么方便，在很短时间内可以得到许多最新的信息，甚至有些资料尚未刊登，也可向作者索取。这样优厚的写作条件使本书的内容一版比一版更为充实，并不断有新的理念更新。

同事们在百忙的医疗工作中，还抽时间总结病例，复习文献，完成了四版的写作。在繁忙的医疗中，不忘科研，这正是林大夫对我们大家的愿望，也是我们努力承袭林大夫精神的结果。

林巧稚
——产妇的希望之光
闫柏泉

林巧稚大夫逝世了。我凝视着她清瘦、慈祥的遗像,想起了11年前唯一见过她那一面的情景。

1971年秋天,我爱人 —— 一个工厂的普通女工,感觉身体异常,想是怀孕了吧? 就到有医疗合同的首都医院(即协和医院)就诊。门诊大夫说不是怀孕,是子宫肌瘤作祟,需要摘除子宫,我爱人答应了。回家来一说,我就埋怨她答应得轻率。她没了主意,于是我只好陪她去复诊。门诊大夫依旧是那个诊断,无奈,我央求说:"能不能请林大夫给看一看?"门诊大夫在病历上写了这个要求。不久,爱人回家来说:林大夫真的给复查了,说是怀孕。我这才松了一口气。

孕期快满了,新问题又来了,门诊大夫说要剖宫产。当时还没有实行独生子女的政策,我们总希望不挨这一刀。还是我陪去的,表达了这个愿望,听到的是各种理由的劝导。无奈,我只好又硬着头皮说,能不能再麻烦林大夫给看看? 门诊大夫又记了下来。不久,我爱人回家来说,林大夫又给检查了,说要是产妇好好配合，可以自己生。还说，万一难产，林大夫亲自给接生。一个和林大夫素不相识、连句客气话也说不好的女工，这时的喜悦和感激是可想而知的。

1972年3月27日下午，我接到首都医院电话通知，从工厂赶到了候产室。只见我爱人在用拳砸床、以头撞墙。我这时多么渴望林大夫能来看看啊，可又一想，这么大的医院，这么多的产妇，身兼多职、世界闻名的林大夫不一定能来，我不该有这个奢望。

不知道什么时候，一位身材隽秀、面容清瘦、头发花白的老人，翻捡着病历走了出来，轻声地叫了一下我爱人的名字。我马上碎步迎了过去，多么熟悉的面孔啊！不知道是在电影、画报、书刊、报纸上，还是在哪儿见过，是她，林大夫！她没说什么，只是微笑着向我点点头，示意我回到了原来的长椅上坐下等。

天渐渐暗下来了，离生产时间还有两个小时，突然又发生了一个新的情况。"林大夫，请您开会去！"

护士压低声音说，但长椅上的我敏感地听到了。

"糟了！"我心里暗暗叫苦。

林大夫拎上手提包起步了，她路过这临近门口的长椅时，竟在我面前停了脚步，说："分娩时间还不到，我开个会去，7点就回来。"

几乎是在7点整，林大夫推门进来了。护士迎面递上一张白纸："林大夫，您的信。"她接过信，一眼没看，投入提包，交给护士。同时接过白大褂，边穿边说："推产妇来！"护士迅即向南边候产室走去，林大夫也迅即向北边分娩间走去……

半个多小时过去了。7时55分，林大夫搓着湿手转回来了，我跑了过去。

"很顺利！女孩儿。听！那个哭得最响的就是你的小千金。"林大夫轻快地笑着说。

"太感谢您了，林大夫。"我高兴地连声说。

出生证递在我手里，我高兴地看着，可上面并没有写林巧稚三个字。

…………

11年过去了。我的女儿都小学四年级了，可惜未向林大夫表达过一点心意，连第二面也没见过。

林大夫却永远地离开了被她迎接到人间来的孩子们……

我和女儿偎坐在荧光屏前，看着林大夫永不消失的笑容，思绪万千，潸然泪下。我想，此时此刻，多少扇窗内的家长与孩子，也正在怀念这位万千婴儿共同的慈母啊！

我还想，像林大夫这样为人民鞠躬尽瘁的人，是不会死的，她的精神永驻人间。

（原载《健康报》1983年5月8日）